내 이름은
낫짱,
김하강입니다

김송이 글 | 김두현 그림

보리

1부 억울해 울었다

2부 조선 사람 김하강

1부

억울해 울었다

항마님*

아침부터 보슬비가 내린다. 처마 끝에 단 물받이가 하도 오래
돼 여러 곳에 구멍이 났다. 보슬비가 낙숫물처럼 뚝뚝 떨어진다.

낙숫물 떨어지는 소리가 난다
지그시 눈 감아 귀를 기울여
가만히 들어 보니 즐거워라
피아노 소리라네.

떨어지는 물방울을 하염없이 바라보는 낫짱 입에서 소학교 5학
년 때 배운 노래가 새어 나온다. 한때 피아니스트가 꿈이던 낫짱이
다. 가난한 처지를 달래 줘서 그런가 낫짱은 이 노래를 자주 흥얼

* 항마님: 할머니를 뜻하는 제주 말.

거린다.

3월 말인데도 비 오는 날은 퍽 서늘하다. 낫짱은 토방* 문지방
앞에 옹크리고 앉아 비 내리는 광경을 멍하니 바라보며 노래를 불
렀다.

'늘 2절 가사가 먼저 생각나네. 흠, 1절 가사는?'
곰곰 생각에 잠겼다가 조심조심 읊조린다.

낙숫물이 뚝뚝 떨어진다
창문 밖 처마 끝에서
보고 있노라니 아름답네
수정 구슬이라네.

'역시 2절이 좋아. 뚝뚝……. 빗물 방울이 곧 피아노 소리 같네.'
소학교를 졸업했으니 이제는 풍금도 칠 수 없다. 피아노는 가난
뱅이가 계속 배울 수 있는 악기가 아니다. 그래서 낫짱은 제 꿈을
희망의 줄기에서 딱 잘라내 버렸다. 하지만 미련은 남아 있어 머릿
속이 텅 빌 때면 '낙숫물' 노랫말을 흥얼거린다.

이럴 때 일본 친구인 아케미짱 집에 가서 책이나 빌려 읽으면

* 토방 : 방에 들어가는 문 앞에 약간 높고 편평하게 다진 흙바닥.

심심함이 풀릴 텐데 우산이 없어 못 간다.

지난가을, 고향인 제주도에서 건너왔다가 츠루하시에 사는 삼촌 집에서 더부살이하던 6촌 언니가 시집을 갔다. 제주도에서 홀로 건너와 삼촌 집에서 마음고생을 많이 하며 살던 언니다. 부모 곁을 떠나 외롭게 살아서 불쌍하다고, 결혼식을 화려하게 치르지 못해도 화목한 분위기를 만들어 주자고 마음먹은 아빠가 딸애들도 데려갔다. 그런데 공교롭게도 그날 큰비가 왔다. 집에는 우산이 하나밖에 없어서 아빠는 없는 돈을 털어 우산을 사람 수대로 구했다.

갈 때는 비가 억수로 와 우산을 쓰고 갔는데 결혼식을 다 마치고 돌아올 때는 언제 그랬나 싶게 하늘이 맑게 갰다. 태어나 처음으로 제 우산을 가진 낫짱은 하늘을 날아갈 듯 기뻤다. 낫짱은 접은 우산 끝으로 땅을 툭툭 치며 콧노래를 부르며 걸었다. 그러다 그만 우산살과 천을 잇는 작은 못이 빠져 버려 못 쓰게 됐다.

낫짱은 집에 돌아와서 엄마에게 호되게 야단맞았다. 우산은 우산대로 망가지고 엄마 잔소리도 들어야 해서 그야말로 재수 없는 경험을 했다. 비가 올 때면 그날 기억이 스멀스멀 기어든다.

'피아노? 집에 변변한 우산 하나 없는데 피아노? 천만에.'

빗방울은 낫짱 기분을 아랑곳하지 않고 리듬을 타듯 뚝뚝 떨어졌다가 도랑으로 흘러간다. 이제 노래도 멈추고 하염없이 빗방울을 바라보는데 수정 구슬같이 투명하던 빗방울에 하얀 빛이 비쳤다.

'어, 하얀 빗방울?'

낫짱은 고개를 들어올렸다. 빗방울 건너편에 하얀 치마저고리를 입은 할머니가 서 계셨다.

"앗, 항마님!"

낫짱은 할머니 우산 안으로 뛰어들었다. 할머니는 우산을 든 오른팔을 낫짱 어깨에 얹으며 빙그레 웃었다.

"오이, 오랜만이여. 잘 이서시냐?(잘 있었냐?)"

"네, 근데 항마님, 하필이면 비 오는 날에 오셨네요?"

할머니는 갈색 보따리를 들고 노다한신에서 여기까지 비 오는 길을 버스를 갈아타며 온 것이다. 낫짱은 위로하는 마음을 담아 인사했다.

"어매, 어멍, 왔수광!"

느닷없이 찾아온 할머니를 보고 놀란 엄마는 목청 높은 목소리를 내며 화다닥 토방으로 내려왔다.

"원부 이시냐?(원부 있냐?)"

할머니는 갈색 보따리를 엄마한테 넘기며 어두운 안방을 살폈다. 아빠를 찾는 눈치다. 하지만 아빠는 가게에 가고 없다. 이제 보니 할머니 눈이 좀 풀렸다. 다정하고 상냥한 눈이 아니고, 양 볼살도 여느 때보다 움푹 패였다. 낫짱은 분위기가 심상치 않음을 알아챘다. 아마 무슨 어려운 문제를 갖고 오신 게 분명하다.

엄마와 할머니는 작은 목소리로 한 시간 넘게 이야기를 주고받
았다. 할머니는 저녁도 드시지 않고 가 버리셨다. 할머니가 가시고
난 뒤 엄마 얼굴은 핏기가 사라져 창백했다. 낫짱 가슴도 덩달아 꿍
내려앉았다. 무슨 심각한 문제가 생긴 것 같다. 이럴 때는 어른같이
믿음직한 언니가 꼭 있어야 한다. 언니만 있으면 어떤 어려움도 대
번에 해결되는데 언니가 없어 낫짱은 기운이 안 난다. 그러니 침침
하고 불안한 분위기를 더욱 견디기 힘들었다.

"엄마……."

안방에서 앉은 채로 일어서지 않는 엄마에게 넌지시 말을 걸었다.

"낫짱, 왜?"

엄마는 대답만 해 놓고 다시 입을 다물어 버렸다. 낫짱은 개구
진 짓을 해 호되게 야단맞는 게 오히려 편하다고 느꼈다.

그날 밤.

낫짱은 잠을 설쳐 이런저런 생각을 하다 아빠와 엄마가 주고받
는 소리가 들려 잠이 확 깨 버렸다.

"당신, 마음 놔. 걱정 말라니까. 어머님이 당신을 데려간다 하셔
도 내가 '그럼, 넌 가거라.' 할 리가 없잖은가."

아버지는 어머니를 부드럽고 곰살갑게 타일렀다.

"하지만, 어머님은 입 밖에 내면 꼭 그렇게 하는 성격이에요."

"알아. 그래도 내가 누구요? 김원부 아니요? 경찰이건 재판관이

건 틀렸다고 생각하면 끝까지 싸우는 사람이잖아."

"하지만, 엄마 고집이 왕고집이시잖아요."

"왕고집이건 뭐건 틀린 건 틀렸다고 바로잡아야 하지 않겠는가."

"……."

"지난번에도 말했잖아? 남자아이인가 여자아이인가는 여자가 정할 수 없다고, 결정권은 남자 염색체가 가진다고 말이야. 여자는 X, Y 어느 한쪽만 가지지만 남자는 둘 다 갖는다고 했잖아. 그러니까 태어날 아이 성별은 남자에게 달렸어. 혹시 또 딸이 태어나면 그 책임은 당신이 아니라 나한테 있단 말이야."

낫짱은 도무지 알아들을 수 없었다. 하지만 아빠가 엄마를 안심시키고 있다는 건 느껴졌다. 그러니 속이 좀 가벼워졌다. 이불 속에서 눈 감고 듣던 낫짱은 마음 놓고 꿈 세계로 스르르 미끄러졌다.

다음 날, 아침을 먹고 나서 낫짱은 히사코 언니에게 슬쩍 물었다.

"언니, 오늘도 가게 알바 가?"

"왜?"

"있잖아, 내 머리로 해결 못 하는 일이 생겼거든."

"오호, 낫짱 머리로 풀지 못한다? 세상에, 그런 일도 있구나!"

"언니도 참. 나, 이제 겨우 중학생이 됐다."

"중학생이 되어도 개구진 마법으로 해결하면 되잖아?"

"언니도 참……. 비 오던 날에 항마님이 오셨어."

"그래? 무슨 일로?"

언니는 그제서야 진지한 얼굴로 낫짱 눈을 봤다. 가늘게 째진 낫짱 눈은 장난치려고 반짝 빛나는 눈이 아니었다.

"공원으로 가자."

둘이는 집에서 삼 분쯤 떨어진 후카에니시 공원으로 나란히 걸어갔다. 나란히 걷노라니 6학년 2학기 여름에 있던 일이 떠오른다. 음악 교과서 마지막 쪽에 부록으로 들어가 있던 그림 건반을 누가 찢어서 던져 버렸다. 서럽게 울던 낫짱에게 언니는 울지 말라고, 새로 그려 준다고 타일러 문방구에 함께 갔다. 가면서 꽉 잡아 준 따뜻한 언니 손이 떠오른다.

그때는 낫짱이 울었으니까 손을 꽉 잡아 줬지만 오늘은 그저 나란히 걸었다. 그래도 낫짱은 좋았다. 아빠 엄마 다음으로 믿음직한 언니다. 아니, 엄마보다 힘이 있어 보일 때도 있다. 기껏 세 살 터울인데 낫짱에게는 신기한 존재다. 낫짱은 언니 얼굴을 살짝 쳐다봤다. 당당하고 맵시가 좋다. 지나간 일이 또 떠올랐다.

동무들을 왕따시키는 와카바야시와 싸우다가 걔가 크게 다쳤을 때 일이다. 와카바야시가 제 어머니를 앞세우고 낫짱 집으로 따지러 왔다. 아빠는 일 가고 없고, 엄마도 집에서 내직*한 일거리를 납

---

* 내직: 집에서 하는 부업.

14

품하러 나가고 없었다. 그때 언니는 늘 아빠나 엄마가 하는 말로 대꾸했다. 엄마보다 매서운 눈매로 쏘아보고 날카로운 말투로 말했다.

"먼저 싸움을 건 것은 댁의 못된 아들이라구요. 아들이나 야단치세요. 우리 낫짱은 잘못이 티끌만큼도 없습니다."

얼마나 시원했는지 모른다. 언니가 날 지켜 준다는 확신이 그때 더 두터워졌다.

"낫짱, 여기에 앉자."

언니는 그네 옆에 있는 의자에 먼저 앉고 낫짱을 옆에 앉혔다.

"자, 이제 얘기해 보렴. 항마님이 오셔서 무슨 일이 있었니?"

낫짱은 지난 보슬비 내리던 날에 할머니가 왔다 가셨고, 그날 밤에 아빠 엄마가 주고받은 얘기며 엄마가 운 것까지 다 털어놨다.

"너어, 자지 않고 들었어? 난 자느라 몰랐구나."

"언닌 가게 일 보느라 되게 피곤한가 봐. 요샌 나보다 일찍 잠드는 것 같아."

"맞아, 가게에서 알바 하다 보니 금방 잠이 들어. 아무래도 손님 대접하는 일은 신경이 많이 쓰이니까."

아빠가 하는 옷 가게는 오사카에서 가장 규모가 큰 츠루하시 국제시장에 있다. 오사카의 긴자*라 불릴 만큼 없는 게 없다는 국제

* 긴자: 일본 도쿄에서 가장 번화한 거리.

상가다. 오사카뿐만 아니라 나라나 와카야마, 시가 같은 다른 현에서도 사철*인 긴테츠* 열차를 타고 손님들이 온다. 특히 나라현 시골이나 산골 마을에서 가게를 영업하는 장사꾼들이 옷, 구두, 가방, 시계, 이불이나 장식품이며, 도매시장에서 수산물이나 고기류들을 사 간다. 그래서 일 년 내내 장사꾼이나 일반 손님들로 흥성거린다.*

중학교를 졸업하고 4월부터 고등학생이 되는 언니는 봄방학에 아빠 가게에서 알바를 하게 됐다. 알바라 해도 돈을 받는 것은 아니다. 무보수로 일을 돕는다. 언니는 공립학교를 못 가고 사립학교에 입학했으니 돈이 많이 든다. 다른 데서 일을 하고 돈을 벌어서 입학금을 내준 부모에게 조금이나마 돈을 드리고 싶었지만 아빠는 가게 일을 돕도록 시켰다. 아빠 가게는 어린이 옷과 숙녀복을 파는 양복 가게여서 상품 종류가 많다. 어떤 사이즈의 상품이 어디에 있는지를 다 외워야 하니 신경을 많이 써야 한다. 그래서 이부자리에 들자마자 이내 꿈 세계로 들어가는 것이다.

"그랬구나. 엄마가 울었구나! 울면 태교에 안 좋은데……."

어디서 누구한테 들어서 아는지 언니는 자못 어른스럽게 눈살

---

* 사철: '사유 철도'를 줄여 이르는 말.
* 긴테츠: '긴키 일본 철도'를 줄여 이르는 말.
* 흥성거린다: 북적거린다.

을 찌푸렸다. 낫짱은 깜짝 놀랐다.

"그게 무슨 말이야? 엄마가 아이를 가졌어?"

"그래, 출산 예정이 9월이래."

"오호, 밋짱에게도 동생이 생기는 거구나. 그렇담 아빠랑 엄마가 주고받은 얘기는 무슨 말이지?"

"낫짱, 언니가 엄마한테 자세히 물어볼게. 걱정 말고 밋짱이나 잘 돌봐. 동생들 밥 챙기는 거랑 설거지도 잘하고."

"언닌 좋겠다. 아이보개*도 설거지도 전혀 하지 않아도 엄마가 아무 말 않으니……."

"난 가게 가야 하잖아. 낫짱이 가게 봐 준다면 내가 설거지 다할게. 어디 나랑 일거리 바꿔 볼래?"

"흥, 내가 못하는 걸 알면서. 아니, 설거지할 때 손이 너무 시려서 그냥 해 본 말이야."

그리 말해 놓고 낫짱은 한겨울에 밋짱을 돌보고, 찬물로 설거지하고 기저귀도 빨아야 할 제 모습을 떠올리니 몸이 부르르 떨렸다.

28일은 츠루하시 국제시장이 쉬는 날이다. 언니가 낫짱을 공원으로 데려갔다.

"어제 가게에서 아빠한테 물어봤다."

---

* 아이보개: 애보개의 본말. 아이 돌보는 일을 맡아 하는 사람.

언니는 아빠에게 들은 대로 이야기해 주었다.

노다한신 할머니는 이번에 엄마가 또다시 딸을 낳으면 친정으로 데려간다고 했다. 달리 말하면 이혼시킨다는 것이다. 엄마는 딸애 다섯을 두고 친정으로 돌아갈 일을 생각하니 눈물밖에 안 났다고 한다. 아빠는, 아이를 낳을 때 남녀를 가리는 건 남자니까 자기에게 책임이 있지 엄마는 아무런 죄가 없다고 마음 놓으라고 엄마를 설득했다. 하지만 아빠가 아무리 말해도 엄마는 겁먹고 있는 거라고 낫짱이 알아듣기 쉽게 이야기해 줬다.

이날 밤 낫짱은 이부자리에 들어 아홉 시가 넘었는데도 잠들지 못했다. '왜 딸만 낳으면 안 될까? 아들도 딸도 같은 인간인데 왜 차별할까? 물론 생리적인 차이는 있지만 그밖에 어떤 차이가 또 있을까?' 여러 의문이 생겼다. 이 세상에 평등치 않은 것은 일본 사람과 조선 사람뿐인 줄 알았는데, 남녀 사이에도 불평등이 있다니 놀랄 수밖에 없었다. 싸워야 할 대상이 하나 또 생겼다 싶으니 마음이 무거워졌다.

'아휴, 삶이란 게 진짜 만만치 않구나!'

중학생이 됐다

4월 1일, 도요중학교 입학식 날이다.

소학교는 집 바로 뒤에 있어 걸어서 삼 분이면 갔는데 중학교는 이십오 분이나 걸리는 후카에바시에 있다. 입학식은 오전 열 시부터지만 신입생은 여덟 시 사십오 분까지 등교해야 한다. 입학식 전에 학급 배정을 확인해야 한다. 낫짱은 여유 있게 여덟 시쯤 집을 나섰다.

교무실이 있는 복도 창문에 배정판이 길게 붙었다. 1반부터 이름을 확인했다. 없다. 2반에도 없다. 3반에도 없다.

'4반은 싫은데…….'

낫짱은 가장 먼저 제 이름인 '가네모토 나츠에'를 찾았다. 이와이, 우베, 오오타, 가쿠무, 가네모토…….

'어이구, 여기 있잖아. 팔자가 틀려먹은 4반이다.'

일본에서 '4'란 숫자는 불길함을 가져온다고 해서 누구든 좋아하지 않는다. '사망'이나 '사인' 등 죽을 '사' 자와 음이 같아서 싫어하는 것이다.

'자, 와타나베는 없고.'

낫짱은 속으로 '칫.' 하고 혀를 찼다. 샘샘바리*로 지내는 아케미짱은 소학교 5, 6학년에 이어 줄곧 같은 반이 안 됐다. 중학교는 히가시나리구에 있는 소학교 세 군데에서 졸업한 6학년생들이 모인다. 낫짱이 다니던 후카에, 서쪽으로 삼십 분쯤 떨어진 혼조, 서남쪽으로 이십오 분쯤 떨어진 가미지 소학교 졸업생들이 모여 한 학교를 이룬다.

낫짱은 한숨을 쉬고 나서 남자애들 이름을 쭉 읽었다. 짱 노릇하며 약한 애들을 왕따시키던 데라우치도, 데라우치 패거리인 와카바야시도, 똥개도 없었다. 운수 나쁜 4반이어서 혹시 그 패거리들이 있지 않을까 싶었는데 다행이다. 근데 구니모토란 이름에 유달리 눈이 갔다. 아빠 지기 가운데 구니모토 성을 쓰는 아저씨가 있다. '걔도 혹시 우리 사람 아냐?' 낫짱은 궁금해졌다. 낫짱은 아케미짱 이름을 찾았다. 5반에는 없었고 6반에서 겨우 찾았다.

'아케미짱이 이웃 반인 3반이나 5반이면 좋을 텐데 교실마저 떨어져 버렸네. 담임은 남자일까? 여자일까? 죽을 사 자 4반이니

---

* 샘샘바리: 서로 샘이 많아 친구인 둘 사이에 단 별명.

까 기대는 말아야지.'

열 시 되기 이십 분 전에 강당에 모였다. 인생에서 처음 맞는 소학교 입학식은 형편이 어려워도 학부모들이 함께한다. 낫짱네는 엄마가 일해야 하니까 소학교 4학년이던 언니가 대신 와 줬다. 하지만 중학교 입학식에는 당연히 아무도 안 온다.

교장이 담임을 소개했다. '죽을 사 자 4반'은 나이가 쉰 살쯤 돼 보이는 남자 교사가 담임이다. 머리칼은 반백이고 정수리가 좀 벗겨졌고 키는 중키보다 좀 작은 아저씨다.

'할아버지 같네. 음악을 가르친다니까 쌀쌀한 미요시 선생님 말고 다정한 이시카와 선생님 같으면 좋겠는데…….'

입학식을 마치고 교실로 갔다. 교탁에 선 이시카베 선생님은 반백인 머리칼에 비하면 목소리는 제법 젊었다. 아마도 노래를 잘 불러서 그런 것 같다. 눈 감고 목소리만 들으면 서른다섯 살쯤 된 것 같다. 강당 무대에 섰을 때는 작아 보였는데 교탁에 서니 체격이 커서 마음이 놓인다. 출석도 노래하듯 부른다.

'제발 후카에 소학교 이시카와 선생님처럼 정이 깊고 민족 차별을 하지 않는 훌륭한 교사이기를 빕니다!'

훌륭한 사람을 만나는 것도 인덕이 있어야 한다고 한 아빠 말을 떠올리며 '제발 저도 착한 학생이 될 테니까 선생님도 조선 아이를 잘 돌봐 주세요.' 하고 진심으로 빌었다.

학생들이 앉는 자리는 당분간 출석 번호대로다. 낫짱은 교실 오른쪽에서 넷째 줄, 교탁에서 다섯 번째 자리다.

담임이 출석표에 따라 남학생부터 이름을 불렀다. 품위 있고 힘 있게 울리는 담임 목소리에 비해 대답하는 남학생들 소리는 그저 보통 소리였다. 다음은 여섯 번째다.

"구니모토."

"옛!"

야무지고 패기가 넘치는 목소리가 남자답다. 낫짱은 고개를 다소곳이 뒤로 돌려 누군지 확인했다. 구니모토는 곧은 자세로 교탁에 선 담임을 보고 있다. 코 오른쪽에 큰 사마귀가 있고 얼굴 윤곽은 정사각형이다. 얼굴빛이 건강해 보인다. 여름도 아닌데 그을린 듯 보이니까 본디 거무스름한 갈색인 것이지. 겉으로 봐서는 조선 사람 같다. 늠름하고 건강에 넘쳐 참 좋다.

남학생에 이어 여학생들 차례가 됐다. 낫짱은 구니모토보다 낭랑하게 울리는 소리로 똑똑히 대답하자고 생각했다.

"가네모토."

"옛!"

힘이 무척 났다. 후카에 소학교 출신 가네모토 나츠에가 여기 있다고 선포하는 것 같았다. 흡족했다.

담임이 여학생 줄의 마지막 학생을 불렀다.

"와카오."

"이에."

꺼져 들어가는 소리다. 담임이 지적했다.

"소리를 좀 더 크게 내요."

아이들 눈이 와카오에게 쏠렸다.

"와카오."

"예."

역시 작다. 낫짱은 고개를 돌려 맨 뒤에 앉은 와카오를 쳐다봤다. 와카오는 두 번이나 이름이 불려 창피한 듯 연분홍빛으로 상기된 얼굴을 다소곳이 숙였다. 무척 예쁘다.

낫짱은 하굣길에서 아케미짱을 만나기를 기대하며 천천히 걸었다. 역시 '죽을 사 자 4반'은 운수 사나운 반이다. 둘레를 두루 살폈지만 아케미짱은 끝내 만나지 못하고 말았다.

"다녀왔습니다."

배가 무척 고팠지만 출석을 부를 때 기세로 씩씩하게 소리쳤다. 이것은 낫짱이 행동 지침으로 삼는 '마음 표현 법칙'이다.

"왔니?"

미세방*에서 마토메*를 하던 엄마가 맥없는 얼굴로 겨우 말했다.

---

* 미세방: 토방에서 오르는 첫 다다미방.
* 마토메: 재봉틀로 바느질한 양복에 기계로 못 하는 부분을 손으로 꿰매는 일.

할머니가 다녀가신 뒤 엄마 입에서 노래가 사라지고 말소리가 작아졌다. 낫짱 눈에도 엄마 모습이 가련했다.

"시장하지?"

엄마는 부스스 일어나 점심을 챙겨 줬다. 점심이라 해도 밥, 국, 누카즈케*뿐이다. 그런데 오늘은 입학식 날이라고 특별히 달걀프라이를 만들어 줬다. 구수한 참기름 냄새가 고픈 배를 자극했다. 밥도 국도 뜨끈했다. 늦은 점심을 맛있게 먹는데 엄마가 물었다.

"아케미짱이랑 한 반이냐?"

"아니에요, 떨어졌어요. 난 4반이고 걔는 6반이에요."

"그래, 그래도 소학교 때처럼 사이좋게 지내야 해."

"당연하죠. 교실이 좀 떨어졌지만 집이 가까우니까 괜찮아요."

낫짱은 아케미짱보다 엄마가 걱정이다. 용기를 내서 속에 둔 걱정을 끄집어냈다.

"엄마, 맥이 빠진 엄마가 싫어. 나까지 힘 빠져."

"계집애가 느닷없이……. 엄마가 그래?"

"응, 요새 얼굴이 우는 것 같은데."

애써 밝게 말하자고 생각했지만 긴장해서 그런지 얼굴이 굳어졌다. 머쓱하기 짝이 없다.

---

* 누카즈케: 일본식 채소 절임.

“아무 일 없는데……. 그래 뵈니?”

“엄마, 저도 다 안다고요. 지난밤에 아빠랑 얘기 나누는 걸 들었거든요. 일부러 들은 게 아니라 우연히요.”

“허허, 우리 낫짱이 귀도 개구지구나. 그래서, 걱정이야?”

“엄마 말버릇대로 하면 난 귀가 개구진 게 아니라 귀도 말괄량이인 거죠?”

“허허허, 그래, 귓괄량이다. 허허허.”

엄마가 웃었다. 따라 웃는 낫짱 마음도 좀 편해졌다.

“엄마는 족집게잖아. 그 재능으로 배 안에 있는 애가 어느 쪽인지 알아맞혀요. 고추가 달렸는지, 안 달렸는지요.”

“그래, 족집게처럼 점치다가 혹시 여자라면?”

“그러니까 여자라면요…….”

“어디 갖다 버려? 아님 엄마만 노다한신 친정으로 돌아가?”

“아니아니, 여자애를 탐내는 사람하고 물물교환하면 안 될까?”

“계집애가 못하는 소리가 없구나. 사람을 그렇게 물건짝처럼 다뤄? 진짜 못하는 소리가 없구나. 말괄량이네, 낫짱은.”

“아냐, 이건 농담이고요. 설마, 아무리 개구진 낫짱이지만 그건 너무하잖아요. 그러니까…….”

그러니까 어떡하면 좋을지 열세 살 머리로 생각하기는 불가능하다.

"걱정 마. 여자아이건 남자아이건 귀중한 목숨인데……."

엄마는 말을 잇지 않고 일어섰다. 딸애 앞에서 눈물을 보일까 봐 그렇다. 엄마는 키만 좀 작지 상냥하고 몸매도 곱고 인물도 그만하면 좋은데 마음이 연약한 게 약점이다.

낮짱은 밥상을 치우지 않고 앉은 채로 엄마 배를 살폈다. 아이 밴 것 같지 않아 보였다. 그나저나 아직껏 발달하지 않은 어린 머리로 사람이 살아 나가는 일을 생각하기란 되게 힘든 것 같다. 낮짱 머리로는 이 세상에서 차별 문제는 인종에 관한 것뿐인 줄 알았으니까 말이다.

친척들이 낮짱을 볼 때마다 배 속에 고추 두고 나왔다고 자주 농담 삼아 말했다. 낮짱은 그저 자신이 선머슴 같아서 하는 소리인 줄 알았다. 그런데 두고두고 생각하니 그 밑바닥에는 남녀 차별이 깔려 있었다. 설마 그런 줄이야 몰랐다. 그렇담 계집애만 줄줄 낳는다고 고모가 엄마 들으라고 한 욕 소리도 까닭이 있던 것이다. 더군다나 항마님이 또 딸을 낳으면 친정으로 도로 데려간다니 그게 말이 되나 싶다. 모욕도 여간 모욕이 아니다. 낮짱 마음이 어두워질 수밖에 없었다.

중학교 수업이 시작되고 2주가 지났다.

낮짱은 같은 반 아이들을 어느 정도 파악했다. 입학식 날부터 호감이 생긴 구니모토는 더욱 끌렸다. 미남은 아니지만 의젓하게 생겼고, 말수가 적어 남자답고 멋있다.

같은 반 아이들 마흔 명 가운데 낫짱이 관심이 생긴 애가 구니모토 말고 또 한 사람 더 있다. 미츠이라는 성을 가진 여학생이다. 아빠가 의형제를 맺은 아저씨 성이 미츠이여서 혹시 이 여학생도 조선 사람 아닐까 싶었다. 그렇잖아도 미츠이는 날씬하고 날렵한 움직임이 눈길을 끈다. 목청이 막힌 것 같은 콧소리가 귀에 거슬리지만 꼭 필요한 말만 짧게 하는 게 매력이다. 이 두 아이가 틀림없는 조선 사람이면 1학년 동안은 재미있는 시간이 될 것 같아 가슴이 부푼다.

아직 왕따쟁이 데라우치를 한 번도 못 본 걸 보니까 걔는 돈이 많이 드는 사립학교에 입학한 게 틀림없다. 와카바야시도 부모님이 사립학교를 권하는 바람에 입시 공부를 한다고 고백했으니 틀림없이 사립 중학교에 간 것 같다. 데라우치 패거리들은 짱이 없어서 그런지, 아니면 다른 소학교에서 온 아이들과 아직껏 어울리지 못해 그런지 조용하다. 그 패거리들과 싸우는 생활과는 졸업했으니까 마주친다 해도 눈으로만 매섭게 쏘아보면 그만이지만 좀 서운한 감이 없지 않다. 이게 엄마가 말한 성장하는 건가 싶었다.

중학교 생활을 시작하고 세 번째로 맞는 일요일이다. 오랜만에 아케미짱이 보고 싶었다. 4반과 6반의 학급 정보를 주고받을 필요도 있었다. 도요중학교는 취주악부가 없어서 낫짱은 소프트볼 특활에 들어갔는데 이날은 연습이 없다. 설거지와 토방 청소를 해치우고 아케미짱 집으로 갔다. 다행히 아케미짱은 집에 있었다. 둘이는 후카에니시 공원으로 가 긴 의자에 나란히 앉았다.

"6반은 어때? 나가이 선생님 참 좋지?"

나가이 선생님은 6반 담임이자 1학년 여자 체육 수업과 소프트볼 특활을 지도한다. 낫짱 담임인 이시카베 선생님보다 훨씬 훌륭한 교사 같다. 체육 수업이나 특활을 잘 지도하기도 했지만 학생 하나하나를 귀중히 여기는 사람 됨됨이가 썩 마음에 든다. 근데 학급에서는 어떨까? 낫짱은 몹시 궁금했다.

"나가이 선생님은 절집 아들이니까 학생을 보는 눈이 상냥하다고나 할까? 다정하잖아. 하여튼 좋은 선생님이다."

"아니? 절집 아들? 그럼 선생님 아빠가 스님?"

"몰랐어? 그러니까 별명이 '중'이잖아."

"그랬구나. 몰랐어! 그러니까 절에서 살고 있단 말이지?"

"그럼, 당연하잖아. 아빠가 스님인데."

"아케미짱은 좋은 선생님을 만났네. 부러워."

"낫짱에겐 체육보다 음악 교사가 좋잖아?"

"근데 2주 동안 수업 받고 홈룸* 운영하는 걸 보니까 그저 할아

---

* 홈룸: 담임이 날마다 교실에서 하는 조례나 종례를 가리키는 말.

버지 교사다."

"그게 무슨 말이야? 할아버지 교사? 왜?"

"그러니까 여느 할아버지처럼 케케묵었어. 빠르지도 않고, 유통 기한이 지난 사람 같아. 문제가 있는 건 아니지만 재미도 없어."

"그렇구나. 근데 학생을 두루 평등하게 대한다면 만족해야지."

"맞다. 조선 아이라고 차별하지는 않는 것 같아."

"낫짱 반에 구니모토랑 미츠이가 있잖아?"

"오, 걔들을 알아? 호감이 가는 애들인데."

"그렇구나. 걔네들은 조선 아이란다."

"뭐라구? 조선 아이? 진짜? 역시 그랬구나!"

"반 남자애들이 얘기하는 걸 들었어. 낫짱 이름도 나오던데?"

"내 이름도?"

"그래, 걔네들은 별로 개구진 애들은 아닌 것 같아. 그저 저희끼 리 주고받는 얘긴데 낫짱도 알고 있는 게 좋겠다 싶어서."

"어이구, 내 귀에 꼭 넣어야 할 게 또 있어? 무슨 얘긴데?"

중학교 생활을 시작한 지 아직 한 달도 안 됐는데 모르는 학생 입에서 벌써 제 이름이 나온다니 낫짱은 놀라지 않을 수 없었다.

"아마 그런 얘기를 하기 위해 조선 아이 이름들이 나왔다 싶은 데……."

"내가 어쨌다고?"

"그러니까 마음 상하지 말고 들어. 생각에 따라선 받아들일 수 있을 만한 얘기야."

"빨리 말해. 무슨 말인데?"

"그러니까, 혼조에서 온 남자애들이 후카에에서 온 가네모토는 여자 깡패고 건드리면 큰일 나니까 절대 건드리지 말래."

"뭐? 여자 깡패? 건드리지 말라고? 어이구, 잘도 칭찬해 줬네! 그래, 나, 여자 깡패다!"

"그런데 낫짱, 이제 개구쟁이들이랑 싸울 일이 없어졌잖아? 그러니까 좋게 생각하면 이젠 편하게 학교생활을 누릴 수 있단 말이잖아?"

"맞다, 맞아. 잘 귀띔해 줬네. 고마워."

"우린 샘샘바리잖아!"

"맞아. 샘샘바리로서 당연한 조언이지. 아케미짱, 고마워."

낫짱은 다른 중학교에서 온 남자애들이 자기를 여자 깡패로 보고 있다는 말보다, 관심을 두고 있는 구니모토와 미츠이가 조선 사람이란 게 무척 좋았다. 4반에는 낫짱까지 조선 학생이 셋이다. 언뜻 '밝음'이란 두 글자가 눈앞을 스쳤다.

억울해 울었다

언니는 고등학생이 되자 학교에서 돌아오기 바쁘게 아빠 가게 일을 도우러 츠루하시로 갔다. 츠루하시 국제시장은 달마다 숫자 8이 붙는 날에 쉰다. 28일은 휴일이어서 언니는 학교에서 돌아오자마자 모리마치에 갔다. 모리마치는 낫짱네가 사는 후카에에서 걸어서 오십 분은 걸린다.

지난가을에 낫짱 집에서 더부살이하던 제주도 고모가 엄마한테 주부 재능이 없어 애들이 고생한다고 했다. 그때 참지 못한 언니가 고모는 사람 볼 줄 모른다고 반박해 말씨름이 벌어졌다. 그 바람에 고모는 집을 나가 모리마치 친구 집에서 산다. 고모가 간 곳이 분명해졌으니까 언니가 사과하러 간 것이다.

언니가 고모한테 한 말은 결코 틀리지 않았지만, 웃어른에게 분수에 넘는 짓거리를 했다고 엄마가 언니를 나무랐다. 그래서 사과도 드리고 도로 모셔 오도록 한 것이다.

밤이 이슥해지기 전에 언니가 돌아왔다. 얼굴에 핏기가 없고 창백하다. 풀이 죽어 돌아온 모습은 불쌍하기까지 했다.

낫짱에게 저녁 여덟 시는 꿈 세계로 들어가야 할 시간이다. 하지만 이날은 뜬눈으로 언니 오기만을 기다렸다. 부엌일을 아예 하지 않는 언니가 얄미울 때도 있지만 한편 존경스럽고 믿음직한 존재다.

"안 됐구나?"

"네, 막무가내로 거절하셨어요."

언니가 꺼져 들어가는 소리로 대답했다. 낫짱은 귀를 쫑긋 세우지 않고는 들리지 않아 신경을 곤두세웠다.

"잘못했다고 사과를 드렸냐?"

"그럼요, 엄마가 이른 대로 몇 번이나 사과드렸어요."

"고모가 어릴 때부터 왕고집으로 이름이 자자했대."

"왕고집? 난 똥고집이라 생각해."

"어이구, 계집애가 그런 더러운 말을 쓰면 못 써. 네가 그렇게 생각하니까 고모랑 부딪치는 거야."

"엄마가 늘 그렇게 하니까 고모가 깔보는 거잖아요. 고모가 아빠랑 피붙이라니 믿을 수가 없어요. 어쩌면 그렇게 다를까?"

"히사코야, 너하고 낫짱을 비교해 봐. 전혀 다르잖아?"

낫짱은 자기 이름이 나와서 놀랐다. 마치 자기가 고모를 닮은 것 같은, 언니 말마따나 똥고집쟁이 같은 생각이 들었다.

'그래, 난 언니처럼 고모가 싫지 않다. 6학년 때는 고모 때문에 개근상을 놓쳤지만 그때도 난 별로 고모가 밉지 않았거든.'

고모는 밀항하여 일본으로 건너와 한동안 밖을 나다니지 못했다. 하루는 고모 대신 고베항까지 어떤 남자를 마중하러 가느라 학교를 못 갔다. 그 남자와는 서로 말이 통하지 않아 한마디도 안 하고 집으로 모셔 왔다. 그저 아빠가 당부하니까 가야 한다는 마음뿐이었다.

'엄마가 말한 나하고 언니하고의 차이가 뭔데?'

낫짱은 밀려오는 잠을 밀치지 못하고 이내 꿈 세계로 들어갔다.

낫짱은 아침마다 분주하다. 동생들은 학교에서 급식을 먹지만 언니 도시락과 제 도시락 두 개를 만들어야 한다. 엄마가 바쁠 때는 설거지까지 다 해 놓고 학교로 간다.

"엄마, 다녀오겠습니다!"

"오냐, 잘 다녀와라. 넌 중학생이 되니 계집애 티가 좀 나는구나! 개구진 짓은 이제 완전히 안녕 했지? 착해!"

"엄마도, 진짜. 나 이제 열세 살이라니까요! 다녀올게요."

족집게 엄마가 '착해!' 소리만 하면 종일 좋은 일만 생긴다. 낫짱은 어제 일은 마음속에서 날려 보내고 홀가분하게 학교로 갔다.

책가방은 무겁다. 여섯 과목의 교과서와 공책, 영어 사전, 필통과 도시락이며 오늘은 체육 수업이 있어 하얀 티셔츠와 체육복까지 들어 있다. 가방이 꽤 무겁지만 아빠는 팔 근육이 단련되니 잘 들고 다니라고 했다. 낮짱도 기꺼이 들고 다닌다.

5교시는 자신도 있고 좋아하니까 즐겁게 듣는 음악 수업이다. 게다가 오늘은 악보 시험을 본다. 자신만만이다. 음악을 가르치는 담임은 지도를 독특하게 한다. 배우는 노래마다 악보 시험을 보는데, 틀리지 않으면 교과서 오른쪽 위에다 벚꽃 도장을 찍어 준다. 낮짱은 모든 노래에 도장을 받고, 필기시험도 잘 봐서 최고점인 5점을 받기로 마음먹었다. 성적이 우수한 학생들이 몇 있지만 이 악보 시험만큼은 단연 낮짱이 도드라진다.

오늘은 영국 작곡가가 만든 '즐거운 나의 집'이다. 가사가 마음에 들어 유독 좋아한다.

보잘것없는 허름한 집이지만
부러울 건 하나도 없다
화창한 봄 하늘이 있고
꽃은 만발하고 새들도 내 친구다
오오, 내가 사는 집
즐겁기만 한 우리 집이요.

악보 시험은 출석 번호 순서로 한다. 낫짱은 여학생 가운데 다섯 번째다.

"다음 가네모토."

"옛."

낫짱이 자리에 일어섰다. 선생님이 피아노로 짧은 전주를 친 다음에 낫짱이 낭랑한 목소리로 불렀다.

도 미 파 파 솔 솔 미
솔 파 미 파 레 미……
솔 도 시 라 솔 솔 미
솔 솔 라 파 레 도.

"잘 불렀다. 만점이다."

여러 눈초리가 낫짱에게 쏠렸다. 낫짱은 가볍게 목례를 하고 앉았다. 기분은 최고다. 아침에 집을 나설 때 느낌은 백발백중 들어맞았다. 낫짱은 속으로 작게 '엄마, 고맙습니다.' 했다.

끝모임*까지 마치고 홀가분한 기분으로 교실을 나서려는데 와카오가 살짝 다가와서 낫짱을 불렀다.

* 끝모임: 종례.

"가네모토, 나 좀 보자."

"왜? 나 바쁜데……."

특활이 없는 날은 얼른 돌아가서 엄마를 도와야 한다. 아이를 가지고 5개월이나 지났으니까 배가 커지고 좀 힘들어 보인다. 그렇지 않아도 엄마는 또 딸아이면 어쩌나 하며 여전히 걱정하는지 안색도 안 좋고 먹는 양도 적다. 그런 엄마를 힘닿는 대로 돕고 싶은 마음이 크다. 그런 제 처지를 생각하니 대답도 시무룩해진다.

"좀 얘기할 게 있어."

"뭔데? 지금 그냥 해."

"아냐, 다들 돌아간 뒤에."

"뭔데? 나 바쁘다고. 그럼 복도에서 얘기하자."

"아냐, 제발 아무도 없는 교실에서 들어줘."

그렇게 하소연하는 와카오 얼굴을 보니 본디 새하얀 낯빛이 창백하다. 어쩐지 안쓰러워서 그 요구를 들어줬다.

학생들이 다 돌아간 휑뎅그렁한 교실에서 낮짱은 책상 하나를 사이에 두고 와카오하고 마주 앉았다.

"저어, 가네모토, 네가 날 좀 도와줘. 날 지켜 줘. 동무들이 날 눈엣가시로 여기는 것 같아."

와카오는 막혔던 속을 토하듯 단숨에 말했다.

"그 말이 지금 뭘 뜻하는 거야?"

낫짱은 와카오 말이 언뜻 이해되지 않았다.

"그러니까 동무들이 날 해코지하려고 할 때 날 두둔해 줘. 대신 난 가네모토 숙제를 다 해 줄게. 나, 가네모토가 짝꿍이 되어 주면 무서울 게 없을 것 같아."

낫짱은 와카오 뺨으로 향하려던 오른손을 안간힘으로 내렸다.

"너, 사람 축에도 못 드는 시시한 놈. 너어, 앞으로 나한테 절대 말 걸지 마! 이 더러운 놈아!"

낫짱은 겨우 몇 마디만 내뱉고 교실 문을 닫고 뛰어나갔다. 가방이 무거운 줄도 몰랐다. 뛰다시피 걸으며 터지려는 눈물을 꾹 참았다. 가슴은 몹시 씩씩거렸다.

다행이다. 집에는 아무도 없었다. 엄마는 다한 마토메를 다리미질 공장에 갖고 간 모양이다. 낫짱은 가방을 내동댕이치고 털썩 앉았다가 목 놓아 울었다. 내 신세가 창피해 울었다. 13년 인생에서 처음으로 억울하고 수치스러워 울었다.

한참 울고 나니 마음이 좀 가라앉았다. 아케미짱이 공원에서 일러 준 말이 떠올랐다. '여자 깡패', 그러니까 같은 학년에서도 그런 소리가 돌고 있는 것이다.

'그래, 내가 공부를 착실히 하지 않으니까 이런 수치를 당하는 거야. 조선 사람이란 이유로 까닭도 없이 차별하고 해코지하는 애들과 말과 힘으로만 싸웠으니까 이런 모욕을 당하는 거다. 차

벌에 맞서는 건 머리여야 해. 공부를 해서 성적을 올리자.'

낫짱은 '배우다'라는 말뜻을 이제야 진지하게 생각했다.

'공부하자! 저것들한테 이기기 위해서라도 공부를 잘하자! 우수한 성적만이 차별에 맞설 힘을 준다!'

낫짱은 가뿐하게 일어나 평상시에 입는 옷으로 갈아입고 부엌으로 갔다. 찬물로 세수를 하니 좀 시원해졌다. 몸이 무거운 엄마를 더욱 잘 돕자고 마음을 새로 먹었다. 모욕당하면 당할수록 강심*을 요란하게 먹는 낫짱이다.

'엄마가 올 때까지 쌀을 일어 놓자.'

낫짱은 마음속 역겨움을 다 털어 내고 손을 잽싸게 놀렸다.

수요일은 특활이 있는 날이다. 나가이 선생님 지도를 받아 즐거운 시간을 보내고 교문을 나서려는데 야구부에 들어간 구니모토가 낫짱을 불렀다.

"가네모토."

"오오, 구니모토."

"신호등까지 같이 가자."

"응, 그러자."

* 강심: 강한 마음.

구니모토와는 쉬는 시간에 서로 얘기를 주고받는 사이가 됐다. 같은 조선 사람이라는 유대감 때문인지 미츠이와도 꽤 친해졌다. 그런데 미츠이보다 구니모토와 얘기를 나눌 때가 많다. 오가는 말로 몇 마디 주고받을 뿐이지만 그래도 정은 조금씩 깊어졌다. 구니모토는 다정할 뿐더러 점잖아서 더더욱 호감이 간다.

"가네모토, 후카에 소학교 때 개구진 애들하고 많이 싸웠다며?"

"벌써 네 귀에까지 들어갔어?"

"오, 여자 깡패 소리가 좀 돌았지."

"너도 날 그렇게 생각해?"

"아냐, 인물이 좀 매서운 것뿐이지. 겉보기는 아주 여자답고……."

"와, 웃긴다. 구니모토, 내가 여자답다고? 진짜?"

"그러니까 겉보기에 그렇다는 거야. 속은 몰라. 근데 넌 참 똑똑해서 좋아."

"너 정말로 듣기 좋은 소리 한다. 우리 엄마가 내가 사내애로 태어나지 않았다고 늘 한탄하는데……. 아니, 나도 그렇게 느낄 때가 많아. 남자로 태어났으면 좋았을걸……."

"여자는 여자대로 좋잖아? 남자가 못 가지는 걸 갖고 있으니까 말야."

"그런 건 몰라. 근데 구니모토, 나 이제 조선 사람이라 차별하는 애들이랑 싸우는 일은 그만뒀어. 그러니까 이젠 여자 깡패도 말괄량이도 아냐. 보통 여자애, 착한 여자애로 살려고 해."

"그래? 아무튼 미츠이가 말했어. 가네모토는 조선 사람이나 힘
이 약한 애들을 깔보고 해치는 문제아들하고 싸운 멋있는 애라
고 말이야."

"미츠이가?"

"미츠이는 후카에 소학교 졸업생한테서 들었대. 너, 참 대단해."

"그래 고마워. 근데 이젠 차별과 맞서려면 공부를 잘해서 성적
으로 이겨야 한다고 뉘우쳤어. 이젠 내가 싸울 대상은 공부야.
구니모토도 미츠이도 머리 좋잖아. 나도 앞으론 성적 올리는 데
힘쓸게."

신호가 푸른색으로 바뀌었다. 구니모토는 횡단보도를 건너면서
손을 흔들었다. 낫짱도 잘 가라고 손을 흔들고 오른쪽으로 돌았다.
가슴이 벅차올랐다. 구니모토와 사이가 훨씬 가까워진 게 날아갈
듯 기뻤다.

엄마는 고모를 만나러 날을 잡아 모리마치로 갔다. 언니가 아무
리 사과해도 고모가 용서해 주지 않으니까 엄마가 직접 간 것이다.
아빠는 언니를 나무라지 않았지만 엄마는 엄마 입장이 있다고 했
다. 고모는 언니를 용서한다는 말은 없고 모리마치에는 마토메 일
이 많으니까 앞으로 여기 일도 가져가서 하라고 명령하듯 말했다

고 한다. 엄마는 몸이 무겁지만 고모가 하는 말을 거절하지 못하고 돈도 필요하고 하니 알았다고 하고 돌아왔다고 한다.

문제는 무거운 남자 양복을 어떻게 운반하느냐 하는 것이다. 엄마는 자전거를 못 탄다. 탈 수 있다 쳐도 배가 커서 위험하니 안 된다. 언니는 아빠 가게에 가야 하고 그러니 낫짱밖에 할 사람이 없다. 낫짱은 마음을 굳게 먹고 자전거 타는 연습을 시작했다. 학교에서 돌아오자마자 공원으로 가 어른용 자전거로 연습했다. 아빠가 짐 나를 용도로 사 온 중고 자전거인데 바퀴가 크고 안전하지만 그만큼 무거웠다.

엎어지면 다시 일어서고, 또 엎어지면 일어서고……. 몇 번이고 타는 연습을 하니 일주일이 지나 제법 탈 줄 알게 됐다. 아침 등교 전과 하교 후에 모리마치까지 마토메를 나르는 게 낫짱 일과 가운데 하나가 됐다.

이날도 아침 도시락을 싸 놓고 양복 스무 벌을 자전거 짐받이에 싣고 집을 나섰다가 새로 열다섯 벌을 받아 돌아오는데 혼조 다리 가까이에서 공교롭게도 구니모토와 맞닥뜨렸다. 제 몸보다 무거운 짐을 싣고 어른용 자전거를 타는 모습은 가난을 상징하는 것 같아 내보이고 싶지 않았지만 어쩔 수 없다.

"구니모토, 안녕."

낫짱은 일부러 씩씩하게 아침 인사를 던졌다. 자전거를 한 번

세우면 다시 운전하기가 힘드니까 여간해서는 세우지 않는데 할 수 없다. 낫짱은 자전거를 길가에 세웠다.

"가네모토, 너 아침부터 어딜 다녀와?"

지난 하교 때 횡단보도까지 걸으며 이야기를 나눈 뒤여서 구니모토 말이 더욱 다정하게 들렸지만 낫짱은 제 모습이 멋없다 싶으니 기운이 나지 않았다. 하지만 일부러 태연하게 대답했다.

"엄마 일거리를 나르는 거야. 엄마가 아이 가져서 도와야 해서."

"가네모토, 너 진짜 멋지다!"

구니모토는 활짝 웃으며 감탄하듯 말했다.

"너 지금 나한테 사바사바하는 거야? 내가 공부는 아직이지만 인물은 잘났지?"

이런 농담을 주고받을 수 있는 구니모토가 무지 좋다.

"그럼 학교에서 보자. 나, 간다."

낫짱은 바삐 자전거를 다시 타려는데 구니모토가 한마디 더 보탰다.

"너, 와카오하고 무슨 일이 있었지?"

"뭐? 와카오하고?"

낫짱은 깜짝 놀랐다. 설마 구니모토 입에서 와카오 이름이 나올 거라고 생각도 못했다.

"네가 어떻게 알아? 아무도 모를 텐데?"

"미안해. 그날 우연히 복도를 지나다가 네가 교실을 뛰어나와 달려 나가는 걸 봤어. 무슨 일이 있었나 싶어 교실 안을 들여다보니 와카오가 울고 있더라고. 갠 소학교 때에도 학교에서 가장 힘센 여자애를 짝꿍으로 만들려고 여러 수를 썼거든. 그런 데서 좀 유별난 애다."

"그랬구나. 내가 다시 얘기할 테니 점심때 잠깐 보자."

낫짱은 자전거 타기가 아직 서투르다. 짐을 짐받이에다 많이 실으면 발디디개를 놀리는 게 무척 힘들고 자칫 잘못하면 넘어진다. 하지만 구니모토 앞에서 넘어질 수 없다. 낫짱은 젖 먹던 힘을 내 발디디개를 힘차게 디뎠다. 핸들이 흔들거렸지만 조금씩 속도를 올리니 앞으로 나아갔다.

'아휴, 다행이다. 요놈을 완전히 다스리게 됐네.'

마음이 거뜬하다. 구니모토에겐 자초지종 털어놓을 수 있을 것 같았다.

점심때, 구니모토가 해 준 이야기는 더 충격이었다.

와카오는 태어날 때부터 약골이었다. 와카오네 집은 부자여서 와카오는 병원에서 태어났는데 담당 의사가 은어처럼 잘 자라라고 아유(은어)코라는 이름을 붙여 줬다. 와카오는 어릴 때부터 허약 체질이라 병원 신세를 많이 지고 자랐다고 한다. 와카오 부모님은 와카오가 소학교에 입학하자 담임교사에게 사바사바하기를 일삼았다. 와카오는 힘센 여자애를 짝꿍으로 만들어 학교생활을 편하게 지내기 위해 힘썼다. 와카오가 중학교에 입학하고 나선 교무실에서 담임인 이시카베 선생님에게 와카오 엄마가 뇌물 주는 것을 학생이 우연히 봤다고 순식간에 소문이 퍼져 왕따가 됐다는 것이다.

"그러니까 걘 가네모토를 짝꿍으로 만들려고 했구나!"

구니모토는 어이가 없어 쓴웃음을 지었다. 낮짱은 와카오가 불쌍했다. 아빠가 '건강은 돈으로 살 수 없다.'고 한 말이 떠올랐다. 타고난 약골이라니 불쌍하다. 그래서 낯빛이 늘 안 좋고 운동도 대강대강 하는 거였구나. 안쓰럽기도 하다. 하지만 뇌물? 그런 건 절대 안 될뿐더러 와카오도 학생끼리 흥정하다니 그런 수작은 용서할 수 없다. '그 부모에 그 아이'라는 말이 있다. 이게 바로 그거다 싶었다. 앞으로 계속 와카오를 무시할 거지만 그건 그렇다 치고 걔 사정은 잘 알게 됐다.

"가네모토, 너 이제 싸울 일이 없어졌으니까 좀 심심하겠다. 대신 공부에 집중할 수 있으니 잘됐다. 그치?"

"그래, 싸울 일은 없어졌어. 하지만 '차별'이란 말을 두고 생각해야 할 일이 또 생겼다."

"그게 뭔데?"

"여자와 남자 사이 차별."

"뭐야? 남녀 차별?"

"응."

낫짱은 엄마가 당하고 있는 마음고생도 털어놓았다.

"그렇구나. 넌 그런 문제에 대해서도 고민을 하는구나."

"세상을 살아간다는 게 진짜 쉬운 일이 아닌가 보다."

낫짱은 어른스럽게 크게 한숨을 쉬었다.

"그리고 또 있잖아? 네가 이번에 와카오한테 당한 거."

"그게 무슨 차별이야? 내가 열심히 공부하지 않아서 생긴 일인데."

"그건 부자와 가난한 사람 사이에서 생겨나는 문제 아닐까? 와카오는 부자여서 사바사바하니 문제가 생겼고, 넌 내직하는 엄마를 돌보느라 시간이 없어서 공부를 못 해 모욕당했잖아! 이건 확실히 가진 자와 못 가진 자의 갈등 아냐?"

"아냐, 내가 공부를 못 한 건 집이 가난해서가 아니라, 내가 착실히 하지 않아서 그래. 그건 결코 집이 가난해서가 아냐."

"그래? 네가 그렇게 생각한다면 미안해. 가네모토는 그렇다 치고 이 세상에는 빈부 차이에서 나는 차별도 있잖아?"

"구니모토, 넌 늘 그런 어려운 문제를 생각하며 살아?"

"이게 뭐가 어려운 문제야? 눈앞에서 늘 벌어지는 일이잖아? 눈으로 보고 몸으로 느낄 수 있는 일."

그때 5교시 시작종이 울렸다. 둘은 화다닥 교실에 들어갔다.

5교시는 영어 시간이다. 올 3월에 대학을 갓 졸업한 나가세 선생님은 잘난 체하는 거동이 눈에 거슬렸다. 다른 과목이 아니라 영어라는 게 마치 아주 특별한 재능을 가진 사람이 가르치는 거라는 걸 은근슬쩍 내비친다. 그래서 낫짱은 영어를 가장 싫어했다. 더군다나 나가세 선생님은 질문에 답하지 못하면 아이들한테 악담을 퍼붓는다는 소문이 돌았고, 그게 조선 아이인 경우에는 더 지독하다고 한다. 그래서 내키지 않아도 질문에 답할 수 있도록 제대로 수업을 들었다.

수업이 끝나갈 무렵 낫짱 눈은 와카오에게로 쏠렸다. 무시하려고 했는데도 뜻하지 않게 눈이 갔다. 와카오가 난데없이 낫짱 마음속에 침입해 오는 것 같아 마음이 평온해지지 않았다.

영어 시간

6월에 접어드니 새벽 네 시 반쯤 지나면 뒤뜰이 희부옇게 밝아지기 시작한다. 자세히 보면 무화과나무에 작은 열매가 주렁주렁 열린 게 희미하게 보인다. 세 평짜리 작은 뒤뜰이지만 식물과 함께 사는 즐거움과 보람을 주니 좋다. 특히 달콤한 무화과 열매가 일곱 식구 간식거리로 여름 내내 입을 즐겁게 한다.

무화과 나뭇가지가 집 울타리를 넘어 뒷골목까지 뻗어 거기서도 열매를 맺는다. 가끔은 동네 개구쟁이들이 긴 막대기를 들고 와서 우리 집 무화과 열매를 따 간다. 남들이 따 가면 식구들에게 떨어지는 몫이 적어진다. 낫짱은 그게 아까워서 못 배기지만 아빠는 이웃 아이들이 먹고 싶은 대로 먹게 놔두라고 탓하지 않는다.

무화과나무에 달린 어린 열매를 사랑스럽게 바라보며 낫짱은 모기향을 태우고 툇마루에서 공부를 시작했다. 4교시 수업은 영어다. 좋아하지 않는 과목이지만 어떤 질문을 받아도 답할 수 있도록 준비를 해야 한다.

'돌팔이 나가세 선생한테 절대 질 수 없다.'

낫짱은 속으로 다짐했다.

다섯 시가 가까워지니 불이 없어도 글씨를 제법 읽을 수 있다. 방 안에서 다른 자매들은 단잠에 빠져 있다. 기분은 마냥 상쾌하다. 낫짱은 가방에서 영어 교과서를 꺼냈다.

"벌써 깼냐?"

아빠 소리다. 낫짱은 고개를 안방으로 돌렸다.

"네."

"중학생이 되니 나츠에가 공부할 마음이 생겼나 보다."

낫짱은 속으로 '좀 사건이 생겼거든요.' 했다.

"모리마치까지 마토메 나르랴 부엌일 거들랴 바쁘겠다."

"아니에요."

하고 '그까짓 것' 하는 여유로 빙그레 웃어 보였다.

"고생 끝에 낙이 오는 법이다. 어릴 때 고생이 금보다 빛나는 법이니 좀 어렵더라도 계속 엄마를 도와줘라."

"네, 이 정돈 아무것도 아니에요."

낫짱은 대수롭지 않다는 듯 흔연히 웃었다. 기분이 무척 좋다. 아빠는 좀 더 주무시겠다고 미세방으로 건너갔다. 낫짱은 숨을 크게 몰아쉬고 영어 교과서에 눈을 돌렸다.

"'이것은 나의 학교다.' 이 말은 영어로 This is my school."

"'멋진 학교구나.' 이 말은 영어로 It is a nice school."

'그러니까 'It'는 흔히 '그것'이라고 번역하지만 번역되지 않는 경우가 많네. 다음은 형용사의 두 가지 쓰임이다. 형용사는 명사 앞에 붙어 쓰는 경우와 be동사나 am, are, is 뒤에 쓰는 경우가 있다. '이것은 새 가방이다.' 는 영어로 This is a new bag. '나의 가방은 새것이다.'라고 할 때는 My bag is new다. 이만하면 됐다. 스펠링도 완벽해. 이제 한자 공부로 넘어가자.'

낫짱은 한자를 아주 좋아한다. 수업 시간마다 보는 한자 열 자 외우기 시험은 언제나 만점을 받겠다는 목표를 세웠다. 그런데도 가끔 한두 개 틀린다. 깐지게* 복습하지 않은 결과라는 걸 알면서도 그 원인을 집안일에 두고 그럴듯하게 스스로를 납득시켜 온 것이다.

충격적인 '와카오 사건' 뒤로는 이걸 극복하자고 마음먹었다.

'쾌감 같은 게 느껴지는데? 너무 좋잖아! 내가 맞춰야 할 과녁에 제대로 맞았으니까 그렇겠지. 조선 사람은 힘 말고 머리로 이겨야 하느니라!'

낫짱은 속으로 되뇌었다.

'조선 사람은 머리로 이겨야 한다! 이걸 내 좌우명으로 삼자!'

* 깐지게: 야무지게.

낫짱은 명치 끝에 좌우명을 새겼다.

'이만하면 만점은 틀림없다.'

새벽에 일어나 툇마루에서 두 시간쯤 공부한 날은 마음이 흐뭇하다. 가벼운 걸음으로 학교로 갔다.

"낫짱!"

등 뒤에서 아케미짱 목소리가 들렸다.

"아케미짱! 오랜만이다!"

할딱거리며 달려온 아케미짱에게 다가갔다. 씩씩거리는 아케미짱 숨소리가 바로 귓가에서 났다. 낫짱은 아케미짱하고 어깨동무를 하고 걸었다.

"반이 달라서 재미없어."

아케미짱은 낫짱을 보자마자 재미없다고 투덜댄다.

"정말이지, 너무 안타까워! 우린 자주 봐야 하는데 말야."

낫짱도 아케미짱 기분에 맞춰 푸념 투로 말했다.

"근데 낫짱, 너희 반에 왕따당하는 부잣집 여자애 있잖아? 와카오 말야. 걔를 두둔해 줬다며? 진짜야?"

"아침부터 와카오 이름 꺼내지도 마. 재수 없다."

"그치? 반 애들이 낫짱이 왜 와카오를 두둔하는지 모르겠다고 그래서."

"두둔하다니, 바른대로 말한 것뿐이라고. 누가 그런 소리를 해?

발 없는 말이 천 리 간다는데 벌써 6반까지 갔어? 놀랍다."

낫짱은 어이가 없어 웃었다.

"와카오 평이 너무 안 좋아. 왕따당해도 할 수 없는 애잖아."

"…… 하여튼 그럴 만한 일이 있었단 말이야."

지난번에 낫짱네 반 여자애들이 와카오를 둘러싸고 뭐라고 하다가 와카오가 울어 버린 일이 있었다. 체육 시간에 와카오가 뜀틀을 잘하지 못했는데 나가이 선생님이 끝까지 안 시켰다. 이걸 가지고 같은 반 애들이 따지는데 낫짱이 너무 그러지 말라고 편들어 줬다. 다른 여자애들이 잘하지 못할 때는 선생님이 끝까지 하게 시켰는데 와카오에게는 그렇게 지도하지 않았다며, 그게 '와카오네 부모님 사바사바 덕분이지?' 하면서 애들이 따졌던 것이다.

그때 와카오가 얼굴을 일그러뜨리며 죽을상으로 노력하는 모습을 낫짱은 지켜보고 있었다. 구니모토로부터 와카오 얘기를 들은 뒤로는 동정하는 마음에 자꾸 와카오에게 눈이 가서 그때도 자세히 보고 있었던 것이다. 또 낫짱이 좋아하는 나가이 선생님이 와카오를 어떻게 지도할까 하는 관심도 있었다. 그래서 한마디 한 것뿐인데 벌써 얘기가 돌고 있다는 사실에 놀랐다.

"4반에 구니모토 있잖아? 걔 친구가 우리 반에 있어."

"그래? 아주 친한 친구?"

"응, 소학교 5학년부터 짝꿍이래. 걔가 말해 줬어."

"그랬구나."

낫짱은 구니모토가 들려준 와카오의 허약 체질과 체육 시간에 있었던 일을 아케미짱에게 설명했다.

"와카오가 낫짱 도움을 받은 셈이구나. 그래서 너한테 고맙단 소리 했어?"

"아니, 별로 큰 문제도 아니잖아?"

"그럴 테지. 걔는 그런 애니까."

아케미짱은 궁금하기보다 샘 비슷한 감정이 나서 그런지 아니꼽게 말했다. 그렇지만 낫짱은 와카오가 놀라 어쩌지를 못해 그랬다고 대수롭지 않게 말한 것이다. 그것보다 샘샘바리로 지내자고 약속한 아케미짱에게 '와카오 사건'을 솔직히 털어놓지 못한 거북함이 가슴을 쑤셨다. 하지만 쪽팔려 말할 용기가 도무지 안 나 입을 다물고 말았다. 둘 사이에 짧은 침묵이 흘렀다.

"낫짱, 성적도 많이 올랐다며?"

둘 사이의 미묘한 감정을 덮을 양으로 아케미짱이 침묵을 깼다.

"구니모토 친구가 그래?"

"응, 선생님 질문에 손 들고 정확히 답할 때가 많아졌다고."

"음, 중학생이 됐으니까 진지하게 공부하자고 마음먹었어."

낫짱은 계속 속이 찔리고 죄스럽기까지 했다.

4교시 수업을 마치고 일찍 점심을 먹은 낫짱은 바삐 도서실로 갔다. 5교시 영어 수업에 질문을 던지기 위해서다. 실은 어제 나가세 선생이 2반 수업에서 질문에 답하지 못한 조선 아이를 깔보고 욕했다는 풍문이 돌았다. 욕은 늘 하는 상투적인 말이다.

"조선 애는 진짜 몇 번씩 말해야 겨우 알아먹는구나."

수모를 당한 조선 아이 앙갚음을 하고야 말겠다는 의협심이 솟구쳐 교사 망신시킬 궁리를 하다가 좋은 수를 생각해 낸 것이다.

낫짱은 도서실에서 곤충 사전으로 '파리매'를 찾았다. 모르는 척하고 일부러 질문하려는 것이다. 왜 여태껏 본 적이 없는 파리매냐면, 동네에 있는 '요시다'라는 오코노미야키* 가게에 갔다가 목공소에서 일하는 나라현 출신의 아저씨 얘기를 들어서다. 아저씨는 여름철 벌레 얘기를 하다가 파리매한테 물리면 죽을 수도 있다고 했다. 오사카에서는 본 적도 들은 적도 없는 벌레다. 낫짱은 아마 나가세 선생도 모르지 싶었다. 파리매로 애먹은 적은 없지만 나가세 선생이 조선 아이를 얕잡아 보는 게 심술이 나서 곤란한 질문을 하기로 작정한 것이다. 파리매 특징은 잘 알아 뒀다. 준비는 끝났다.

5교시 영어 수업이 시작되고 사십 분이 지났다. 오늘 배운 문장은

① 저것은 너의 공책입니까?

② 예, 그렇습니다. 아니, 그렇지 않습니다.

---

* 오코노미야키: 일본식 부침개.

③ 이것은 내 자전거가 아닙니다.

이다. 영어로 하면,

① Is that your notebook?

② Yes, it is. / No, it is not.

③ This is not my bike. 이다.

낫짱은 발음까지 정확히 잘 말했다. 질문을 하기 위해 여느 때보다 열심히 한 것이다.

"질문 있나?"

나가세 선생이 늘 그러하듯 수업을 끝맺을 무렵에 물었다.

"예, 선생님, 영어로 '파리매'를 뭐라고 합니까?"

"파리매?"

"예, 파리매요. 가까이에 사는 목공소 아저씨가 알아 오라고 그랬어요."

"…… 파리매가 뭔데?"

"선생님, 모르세요? 아저씬 어른들은 다 안다고 그랬는데요. 선생님, 진짜 모르세요?"

"……."

"파리 비슷하게 생겼는데요, 파리보다 작고 모기보다 더 피를 빨아 먹는대요. 모기는 바늘로 피부를 찌르지만 파리매는 피부를 갉아서 피를 빨아 먹으니 물리면 열이 나고 가렵고 엄청 고

생한대요. 나라현엔 많은데 오사카에서는 없어서요. 더군다나 영어로 어떻게 말하는지 모르겠어요. 아저씨가 선생님께 물어보라 그랬는데……. 됐습니다, 혼자 알아볼게요."

"……."

낮짱은 말을 구구절절 늘어놨다. 수업을 마치는 종이 울렸다.

"일어섯. 절"

반장이 호령했다.

당황한 나가세 선생의 똥 씹은 듯한 얼굴은 꽤 볼 만했다. 절하고 자리에 앉았는데 오른쪽 뒷자리에서 이쪽을 보는 어떤 시선을 느꼈다. 돌아보지 않아도 구니모토다. 요새 여러 가지로 구니모토 시선을 느낀다. 그러더니 삽시간에 마음이 어두워졌다. 아까는 속이 시원했는데 그 느낌은 난데없이 사라지고 그늘이 뒤덮였다. 왜지? 뻔하다. 배우는 대목이랑 전혀 관련이 없는 질문을 해서 스스로도 좀 꺼림칙했으니까 말이다. 질문이 터무니없어서 그럴 것이다. 낮짱 속을 남들보다 잘 꿰뚫어 보는 구니모토다.

장마가 가고 초복이 있는 7월이라 날은 밝은데 낮짱 마음은 희멀겋게 흐렸다. 하굣길 걸음은 납덩이 단 듯 무거웠다. 뒷맛이 이렇게 쓰다니. 13년 인생에서 처음 맛보는 떫은 맛이다.

'비겁했구나. 아빠가 아시면 나무랄 것이다 오늘 내 행실은 비겁했다. 비겁한 건 삶을 더럽히는 일인데…….'

낫짱은 아빠가 늘 말하는 '사람은 올바르고, 정직하고, 부지런 해야 한다.'는 말을 되씹었다.

'그래, 방법이 올바르지 않으니까 시원하지 못하고 마음이 고통 스러운 거다. 앞으론 이러지 말자!'

이렇게 속으로 스스로 매듭을 지었다. 그러고는 어두운 마음을 가셔 내려고 밝은 쪽으로 생각을 돌렸다.

'그래, 내가 잘못했다고 지적받기 전에 스스로 자기를 비판하자. 아빠가 그랬잖아. 잘못을 깨닫고 솔직하게 나타내는 것은 아주 용기가 있는 일이라고. 그러자, 자기 비판하자!'

그렇게 생각하니 마음이 좀 가벼워졌다.

낫짱은 계속 생각에 빠졌다. 하굣길 낫짱 눈에는 오가는 사람들 이며 둘레 모습이 눈에 들어오지 않았다. 앞에서 오는 자전거가 급 브레이크를 걸었다.

"이 계집애가! 눈 부릅뜨고 걸어!"

아저씨가 화내며 외쳤다.

"죄송합니다."

하마터면 다칠 뻔했다. 화닥닥 머리 숙여 사과했다.

'정신 차려야 해.'

낫짱은 중학생이 되고 나서 생각에 빠지는 때가 많아졌다. 여태 까지는 생각하면서 행동했는데 요새는 먼저 생각하고 그다음에야 움직인다. 집에서도 말수더구*가 적어졌다. 지난번엔 엄마가 그랬다. '소학교 졸업하니까 말괄량이도 졸업했나 보지.'라고. 그 소리가 싫지 않았다. 어쩐지 어른으로 성장해 나가는 절차인 것 같다. 본디 마음의 괴로움을 견디지 못하는 성미다. 민족 차별에 이기고야 만다는 승벽*이 시켜서 그랬는지 행동에 옮겨야만 마음이 편하다. 그런데 요새는 행동하는 시간보다 생각하는 시간이 불어났다.

'그러니까 이게 성장이란 말이다.'

성장했으니까 생각해야 할 일이 불어난 걸 깨달았다.

'민족간 차별에다 남녀간 차별, 빈부간 차별……. 잠깐, 그럼 내게 변함이 없는 게 뭐가 있을까? 오, 있다. 실패해도 오래 슬퍼하지 않고 얼른 수습하려 드는 성격은 여전해. 근데 이건 교훈을 제대로 찾지 못할 때도 있잖아. 그렇지! 그러니까 앞으론 장점으로 만들자.'

낫짱은 속으로 생각을 정리하며 삐죽 웃었다. 어느새 후카에 소학교 정문까지 왔다. 발걸음이 빨라졌다. 가방을 든 팔에 힘이 들더니 어깨에서 신바람이 났다.

* 말수더구: 말수.
* 승벽: 남에게 지지 않으려고 기를 쓰는 일.

출산

9월 말에 들어 만삭이 다 된 엄마는 움직이는 것도 힘들어 보였다.

엄마가 힘들어 보이니까 낫짱은 도시락 만든 뒤 설거지까지 다 해 놓고 학교로 간다. 이날도 부엌을 다 치우고 나서 뛰다시피 학교로 갔다. 소학교 6학년 때 고모 때문에 개근상을 못 받았으니 중학교 1학년 때는 꼭 받고야 말겠다는 의지로 학교를 다닌다. 지각이나 조퇴를 합쳐 3번 하면 하루 결석이 되고 개근상을 못 받는다. 여태까지 두 번 했으니까 이제 지각도 조퇴도 안 된다. 그래서 아침마다 뛰다시피 걷는다. 그래도 힘든 줄 몰랐다.

아침 조회를 시작하기 오 분 전에 교실에 들어갈 수 있었다. 다행이다. 땀을 닦을 시간은 있다. 낫짱은 자리에 앉아 책받침을 부채 삼아 바람을 쏘였다.

6교시까지 수업을 제대로 받았다. 2교시엔 영어 수업이 있었지만 탈 없이 마쳤고 6교시 음악 수업도 높은 소리가 제대로 나와 기분 좋게 끝냈다. 오늘은 '마토메 운반 일'이 없으니 특활도 할 수 있다. 오랜만에 나가이 선생님 지도를 받고 싶었다. 하지만 어째서 인지 엄마 얼굴이 떠올라 그냥 가기로 했다.

'난 점점 족집게 엄마를 닮아 가는 걸까?'

낫짱은 삐죽 웃었다. 요새 엄마 딸이란 실감이 날 때가 가끔 있다. 낫짱은 걸음을 재촉했다. 집에 다다르니 늘 그랬듯 현관문이 열려 있다.

"다녀왔습니다!"

돌아왔다는 소리를 일부러 크게 냈다. 하지만 안에서 '왔냐!' 하는 엄마의 다정한 소리가 안 난다. 토방에 들어서니 무화과나무에서 우유 같은 나무 엑기스의 싱싱한 향내가 바람을 타고 풍겨 왔다. 뒤뜰 문이 열려 있으니 집에 엄마가 있다는 것이다.

"엄마, 나 왔어요!"

다시 소리를 냈다. 아까보다는 좀 크게. 하지만 대꾸하는 소리가 없다. 낫짱은 책가방을 미세방 문설주*에 놓고 안방으로 갔다. 엄마가 오시이레* 앞에서 웅크리고 배를 안고 있다.

"엄마, 배가 아파요?"

* 문설주: 문짝을 끼워 달기 위하여 문 양쪽에 세운 기둥.
* 오시이레 : 이불이나 작은 가구류를 넣어 두는 곳으로 2층 구조로 돼 있다. 방과 구분하는 칸막이는 나무나 종이로 만든 미닫이문으로 한다.

"낮짱이냐? 산파를, 산파를 불러와."

엄마 얼굴은 일그러졌고 목이며 등은 온통 땀투성이다. 하얀 웃옷이 땀으로 흠뻑 젖었다.

낮짱은 십오 분 떨어진 산파 집으로 빠르게 뛰어갔다. 가슴은 쿵쾅쿵쾅 금방이라도 숨통이 터져 죽을 것 같다. 하지만 이런 동안에도 엄마가 돌아가실 것 같아 뛰는 속도를 늦출 수 없었다.

쉰 살이 넘어 보이는 산파는 낮짱이 뛰는 속도는 따르지 못하고 꽤 떨어져 겨우겨우 따라왔다. 집에 도착하니 언니가 돌아와 있었고, 엄마를 이불에다 눕혀서 엄마 허리를 쓸어내리고 있었다.

산파가 와서 한 시간쯤 지났을까, 고고성*이 들렸다. 낮짱은 엄마가 무사히 아이를 낳은 기쁨을 나누고 싶어 언니를 찾았다. 아까 미세방에 있던 언니가 안 보인다.

'언닌 어디 갔지?'

낮짱이 밖으로 나갔더니 언니가 현관문에 기대 울고 있다. 낮짱은 깜짝 놀랐다. 기쁜 일인데 왜 울까? 진짜 요상한 언니라고 생각하며 말을 걸었다.

"언니, 왜 울어? 엄마가 아이 잘 낳았는데."

낮짱은 언니 곁에 가 함께 웅크리고 얼굴을 쳐다봤다. 언니는

* 고고성: 갓난아이의 첫 울음소리를 가리키는 옛말.

눈물투성이다.

"얼레레, 언니, 울어? 엄마가 아이 낳았는데?"

언니는 손등으로 눈물을 닦고 겨우 얼굴을 들었다.

"낫짱, 엄마가 아들을 낳아 친정에 안 가도 된다고. 기쁘잖아……."

"어엉? 언닌 기뻐도 울어?"

"그럼! 너무 기쁘면 눈물이 나잖아?"

"진짜? 사람은 기뻐도 눈물이 나?"

"넌 고민이 없는 사람이라서 그런 경험도 없나 보네?"

"내가 고민이 없는 사람? 어이구, 난 인간이 아닌가? 그거 나한테 실례다."

"아냐, 넌 자기 생각에 충실하니까 늘 만족스럽잖아? 그치? 부아가 터져도 스스로 가라앉힐 방법을 생각하니까."

"……."

"그게 장녀하고 차녀의 차이일지 모르겠다. 아무튼 넌 늘 태평하니까 눈물 날 만큼 기뻐하는 일도 없나 보지……."

"장녀하고 차녀가 그런 차이가 있나?"

"그럼, 역사에서 큰일을 한 사람들은 차남이나 차녀가 많단다."

"진짜야? 누가 그런 말을 했어?"

"아빠가."

"그렇담 틀리지 않는구나. 아무튼 언니, 엄마가 사내애 낳았으니까 눈물 날 만큼 기쁜 거야?"

"그래, 항마님이 이번에도 또 딸을 낳으면 친정에 데려간다고 하셨잖아. 항마님은 한번 마음먹으면 꼭 그렇게 실천하는 분이라서 엄마도 나도 남몰래 가슴 태웠어……."

"아무려면 항마님이 그리하실까? 애가 많은데 다 여기 두고 엄마만 데려간다는 거야?"

"그러니까 엄만 그게 걱정이어서 아이 가진 동안 시름시름 앓았어. 그래서 애가 아주 작아."

"얘야! 뜨거운 물 바꿔라."

안방에서 산파가 소리쳤다. 언니는 화닥닥 토방으로 뛰어들어 갔다.

'애가 작다는데 얼마나 작아? 그렇담 와카오처럼 약한 애가 된다는 거야……?'

애가 작다는 말에 낫짱은 와카오를 떠올렸다. 뭐라 말할 수 없는 걱정이 밀려왔다. 낫짱은 살아가는 데 모르는 일들이 너무 많다고 새삼스럽게 느꼈다.

'바라고 바라던 사내아이를 낳았는데도 우리 집에는 새로운 문젯거리가 생긴다는 말인가?'

토방에서 언니가 나왔다.

"낫짱, 언니는 아빠한테 전화하러 가니까 엄마를 부탁해."

언니는 말하기 바쁘게 가지모토 집으로 뛰어갔다.

일본 다비*를 만드는 가지모토 집은 긴급히 연락할 일이 있을 때 전화를 쓸 수 있게 도와준다. 그래서 때때로 이용한다. 동네에 전화가 있는 집은 딱 두 집이다. 와카바야시 집에도 있지만 한 번도 부탁한 적이 없다. 가지모토네는 부모님 마음씨가 곱고 사람이 점잖아서 마음 편히 도움받을 수 있다.

이날 아빠가 일찍 올 줄 알았는데 술을 많이 마시고 밤이 이슥할 때 돌아왔다.

"얘들아, 일어나거라."

아빠는 술에 취해 돌아오면 잠든 애들을 다 깨워 이를 닦았는지 어떤지 확인하는 이상야릇한 버릇이 있고, 그게 낫짱네 법이다. 이 닦기가 귀찮아 그냥 잤다가는 머리에다 호떡 하나 얻어먹는다.*

"게 나란히 서거라. 이 닦았는지 어떤지 좀 보자. 아니아니, 오늘은 됐다. 이거나 먹어라."

아빠는 술기운이 나는 소리로 애들을 세우려다 그만두고 선물로 사 온 니기리스시*를 펼쳤다. 자매들은 뙤록뙤록 밝아진 눈으

* 다비: 일본 기모노에 맞춰 신는 버선.
* 호떡 하나 얻어먹는다: 꿀밤 맞는다.
* 니기리스시: 초밥.

로 밥상에 앉아 막 먹기 시작했다. 아빠는 술기운에 조금 붉어진 눈으로 아이들을 바라보며 좋아했다.

"아빠."

동생들 모습을 바라보던 언니가 넌지시 아버지를 불렀다.

"히사코가 고생 많이 했겠다. 너도 먹어."

"아니에요, 아빠. 너무 기쁘시죠? 일찍 오실 줄 알았는데요. 너무 좋아서 혹시 미츠이 삼촌이랑 한잔하셨어요?"

"히사코는 아빠 마음속까지 다 꿰뚫어 보는구나. 그래, 너무 기뻐서 형님께 보고하고 함께 축배잔을 들었다."

미츠이 아저씨도 제주도가 고향이고 우리 집에서 걸어서 한 시간쯤 떨어진 이쿠노구 다지마에 산다. 아빠보다 두 살 위여서 아빠는 형님이라 부른다. 아마 의형제를 맺은 것 같다. 다지마에서 헷프* 만드는 일을 하는데 얼굴도 잘 생겼고 키도 크고 멋있는 아저씨다. 낫짱들도 친삼촌같이 여긴다.

"아빤 오늘은 너무 기뻐서 한잔했지만 정신은 말짱하다. 그래서 한마디 하겠다. 졸리지 않나? 낫짱도 깃짱도 얘기 들을 수 있나?"

"아빠, 괜찮아요."

낫짱이 말하더니 깃짱도 따른다.

---

* 헷프: 신발 가운데 샌들의 종류.

"아빠, 괜찮아요."

"그럼 됐다. 잘 들어. 우리 집에 너희들 남동생이 하나 태어났다. 그래서 식구가 여덟 명이 됐다. 살림이 넉넉하지 않은데 동생이 늘어난 게다. 그러니까 우리 살림이 더 어려워질 수 있다. 아빠도 엄마도 더 일을 많이 하고 너희들이 힘들지 않게 하겠지만 너희들 도움 없이는 어려워. 낫짱도 언니 못지않게 엄마를 도와주고 있지만 이제 기저귀도 빨아야 할 거고 동생이 울면 엄마 대신 달래 줘야 할 거야. 어때? 할 수 있겠지?"

"아빠, 그런 거라면 누워서 떡 먹기예요."

낫짱은 흔쾌히 대답했지만 속은 좀 복잡했다. 언니가 함께해 줘야 불만이 없다는 생각이 있어서다. 하지만 아빠 앞에서 입 밖에는 못 낸다. 아빠는 깃짱 머리를 쓰다듬으며 말을 이었다.

"깃짱도 낫짱 언니를 도와서 함께할 수 있겠지?"

깃짱은 낫짱 얼굴을 빤히 올려봤고 낫짱은 고개를 끄덕했다.

"네, 할 수 있어요."

깃짱은 늘 그랬다. 낫짱을 따르고 낫짱 안색을 살피며 대답한다. 낫짱이 안 된다 하면 깃짱도 안 된다 하고, 낫짱이 좋다 하면 깃짱도 좋다고 한다. 꼭 앵무새 같다.

"낫짱, 학년이 좀 더 오르면 배우겠지만 구라파에 소련이란 사회주의 나라가 있는데 그 나라는 가난한 사람들이나 부자의 차이가 없다. 거기 국민들은 일한 만큼 돈을 받고 산다. 일본이 그런 나라가 될 때까지 아빠는 열심히 일하려고 마음먹고 있단다. 좀 어렵지만 세계에 그런 본보기 나라가 있으니까 미래가 있다는 게다. 알지?"

낫짱은 어떻게 대답해야 할지 몰라 그저 아빠 얼굴만 쳐다봤다. 어려운 이야기지만 가난한 사람과 부유한 사람 차이가 없는 나라는 좋긴 좋다. 하지만 낫짱에게는 조선인 차별도 가난 못지않게 풀려야 할 문제고 오늘에 와서는 남녀 차별에다 갓 태어난 남동생이 작게 태어났다는 게 무엇보다 큰 문제다. 머릿속에서 여러 생각이 뒤섞여 헝클어진 실타래 같았다. 하지만 기뻐하는 아빠에게 그걸 물을 형편이 못 됐다. 그래서 한마디만 했다.

"아빠, 항마님이 좋아하시겠네요? 고추 단 애가 태어났으니까요."

"어이구, 낫짱이 그런 소리도 하는구나! 항마님이 가장 좋아하실 게다. 엄마가 딸만 낳는다고 속상해하셨으니까 말이다."

"그렇죠? 근데 아빠, 왜 딸만 있으면 안 되나요? 그건 남녀 차별이잖아요."

"오호, 낫짱이 어려운 소리를 하는구나. 누가 그랬어?"

"언니가요. 같은 반 동무도요"

히사코 언니는 말없이 빙그레 웃기만 한다. 언니를 지그시 보던 아빠가 말을 이었다.

"언니가 그랬구나. 남녀 차별은 조선 사람도 일본 사람도 한다. 딸애는 커서 시집가 버리면 남남이 된다고. 근데 아빠는 그렇게 생각하지 않아. 남자나 여자나 같은 사람인데 그럴 수가 없지 않겠어? 다 귀중한 아이들이다. 시집을 가도 핏줄이 끊어지는 게 아니거든. 다만 남자가 없으면 가계를 이어 갈 사람이 없어 대가 끊어진다 해서 그래. 하지만 아빠는 혹시 사내애가 태어나지 못해도 그건 할 수 없다는 생각이다. 그렇잖아? 대를 잇는 문제는 시집간 딸에게 부탁할 수밖에 없잖아? 그렇지? 히사코가 해 주든지 낫짱이 해 주든지 말야. 너희들은 어떠냐?"

"잘은 몰라요. 하지만 아빠나 엄마가 해 달라고 하면 낫짱은 할게요."

"어이구, 믿음직하다. 그래, 너희들이 착하니까 아빠도 엄마도 고민은 하나도 없다. 자, 이제 늦었다 자거라."

아빠는 곤히 잠든 엄마에게 눈길을 돌리며 말했다.

낫짱은 잠이 완전히 깨서 그런지 이부자리에 들어도 좀처럼 잠들지 못했다. 동생이 왜 작게 태어났는지는 잘 몰라도 무슨 문제가 생길 것만 같아 좀 괴로웠다. 와카오가 약골이라는 말이 아무래도 마음에 걸린다.

민족의 양심

3교시 사회 수업이다. 담당 교사가 감기 때문에 쉬어 다른 교사가 들어왔다. 이름은 이치카와. 키가 크고 후리후리하고 눈은 쏘는 듯 날카롭다. 회색 양복을 단정히 입고 넥타이까지 맸지만 분위기가 부자 같지는 않다. 자세가 좋아서 교탁에 똑바로 선 모습이 좀 무섭지만, 중년이어서 그런지 아빠 같은 느낌도 난다. 급장*의 호령에 따라 절하고 앉았다.

학생들이 앉자마자 이치카와 선생님이 칠판에 엄청 큰 글씨로 '北朝鮮(북조선)'이라 쓰고 학생들을 두루 둘러보면서 말했다.

"내가 칠판에 쓴 이 나라 정식 이름을 아는 학생은 손 들어."

교실 안이 웅성거렸다. 학생들은 소리를 내지 않고 '누가 손을 드나?' 하고 교실 안을 두리번거렸다. 무시무시한 공기가 흘렀다.

---

* 급장: 반장.

낯짱은 심장이 터질 듯 두근거렸다. 숨이 막힐 것 같았다. 답은 뻔히 안다. 하지만 여기서 손 들면 '조선 학생'임을 공개하는 셈이다. 부끄럽다는 마음이 숨을 막히게 하는 것일까? 양쪽 볼이 확확 달아올랐다. 학생들 모두가 자기를 노려보는 것 같았다. 얼마간 침묵이 흘렀다.

"옛."

부끄러움보다 양심이 이겼다. 아는 것을 안다고 떳떳이 나타내야 한다는 양심이다.

"오오, 아는 애가 있구나! 말해 봐라."

낯짱은 자리를 차고 일어나 똑바로 섰다.

"조선민주주의인민공화국입니다."

가슴속을 꽉 메우고 있던 무거운 구름이 확 사라졌다. 맑은 공기가 가슴에 찼다.

"아주 잘 대답했다. 수도는 어딘 줄 아나?"

낯짱은 한숨 쉬었다가 자세를 더더욱 젖히고 소리 냈다.

"평양입니다."

"어이구, 착해. 앉아."

이치카와 선생님은 크게 칭찬하고 낯짱을 앉혔다. 하지만 성은 무엇이냐고 묻지 않았다. 영웅심 비슷한 마음이 든 낯짱은 '성까지 말하고 싶었는데.' 하는 욕심을 삭여야 했다. 그리고 성만 들으면 대답한 아이가 조선 학생임을 알 텐데 하는 아쉬운 마음도 눌렀다.

이치카와 선생님은 흑판에다 큼직하게 朝鮮民主主義人民共和国(조선민주주의인민공화국)이라고 쓰고 임시 수업을 진행했다. 낫짱은 귀를 도사리고 한 시간을 통째로 머리에 저장했다.

"우리나라와 인연이 큰 나라가 이웃인 조선반도다. 이 나라가 일본의 식민지가 됐다가 해방이 됐는데도 전쟁이 나 두 나라로 갈라져 버렸다. 북쪽이 여기에 쓴 북조선이고, 나라 이름은 조선민주주의인민공화국이다. 남쪽은 여러분이 잘 아는 대한민국이며 수도는 서울이다. 이른바 한국이다."

이치카와 선생님은 칠판에 大韓民国(대한민국)이라고 큼직하게 쓰고 이야기를 계속했다.

"여러분은 일본이 이웃 나라를 식민지로 삼고 못되게 굴었던 과거로부터 오늘에 이르는 역사를 잘 알아야 하는데 모르는 게 많다. 특히 북조선에 대해서는 너무 모른다."

이치카와 선생님이 이야기하는 내내 교실은 물 뿌린 듯 고요한데 낫짱 심장은 반비례로 요란하게 고동쳤다. 4교시 수업을 어떻게 마쳤는지 기억나지 않고 넋은 하늘에 두둥실 뜨는 구름을 타고 함께 날아갔다.

민족 차별에 폭력이 아니라 역사의 진실로 맞서다 민족의 양심으로 이긴 것이다. 힘으로가 아니라 올바른 정신과 똑똑한 지식과

낭랑한 목소리로 이겼다. 가슴이 북받쳐 황홀했다.

끝모임을 마치고 돌아가려는데 등 뒤에서 구니모토의 낮고 밝은 목소리가 났다. 낫짱은 휙 뒤를 돌았다.

"가네모토, 너, 멋지다! 여자 깡패 말고 조선 아이 짱이다!"

"뭐, 난 집에서 다들 낫짱이라 불러. 그러니까 진짜 짱이야."

"그게 아니라 멋있다고."

"농담이야, 고마워. 아빠가 얘기해 준 걸 말한 것뿐이야. 우리나라 얘기 말이야. 그냥 대답한 것뿐인데 엄청 용기를 내야 했거든."

"알아. 아무리 정답을 알아도 용기가 없으면 못 해."

"근데 말하고 나니까 세상에 무서울 게 없는 것 같아."

"우리 할아버지가 말했어. 돈은 못 가져도 용기는 누구든 평등하게 가질 수 있다고."

"좋은 말씀이네. 기억할게."

둘이는 교문까지 왔다. 낫짱은 얼른 집으로 가야 한다. 날씨가 갰으니 기저귀를 빨아야 한다. 엄마는 아빠가 좀 쉬라고 하는데도 마토메 일을 다시 시작했으니 예전보다 더 많이 도와야 한다. 낫짱은 아쉬움을 남기고 구니모토와 헤어졌다.

혼자가 된 낫짱은 제 생각 속으로 들어갔다. 걸으며 생각하다 보면 제법 깊게 파고 들어갈 수 있다. 생각에 몰두하는 바람에 진짜 사고가 날 뻔할 때도 있지만 낫짱은 이 '혼자 시간'을 즐긴다.

세 시간째 뜨거워진 가슴은 아직도 구름에 탄 채다.

'여태껏 살면서 이런 충족감은 처음이다. 차별에 싸우다 이겼을 때하고는 전혀 다른 만족감이다.'

후카에니시 정거장까지 왔다. 오늘따라 이 정거장에서 한복을 입은 할머니를 도운 일이 떠오른다. 후카에 소학교가 보인다. 지난 6년이 떠오른다. 짱 노릇한 데라우치나 부잣집 딸이라고 공주처럼 행세한 기악부 여자애들하고 싸웠다가 쓰디쓴 마음의 상처와 엄지발톱이 빠지는 상처까지 받았다. 하지만 오늘은 괜찮다. 다카이 빵집을 돌아 집까지 왔다.

"엄마, 다녀왔습니다! 낫짱 왔어요!"

엄마는 막 막내의 기저귀를 갈아 주려는 참이었다. 엄마가 안방까지 크게 울리는 낫짱 소리에 문 쪽으로 고개를 돌렸다.

"사다오가 보채는구나. 어디 안아 주자!"

낫짱은 책가방을 안방 구석에 던지고 남동생을 안아 올렸다.

"낫짱이 무슨 좋은 일이 있었나 보네. 힘이 넘치는구나!"

"엄마, 사다오 기저귀가 많이 젖었어요."

"그러니까 막 갈아 주려는데 네가 온 게다."

"엄마 그냥 일하세요. 낫짱이 할게."

사다오 기저귀는 오줌으로 흠뻑 젖어 무겁기까지 했다.

"요놈, 고추가 작은데도 이렇게 오줌을 많이 싸냐?"

낫짱은 빨아 놓은 기저귀를 대고 사다오 고추를 약손가락으로 흔들었다. 짓궂은 낫짱이 얼굴을 고추에 대려고 들이미니 오줌이 분수처럼 한줄기 솟아올랐다.

"어멋!"

낫짱은 비명을 질렀다.

"어이구, 이게 누나한테 오줌 선물이냐!"

"세상에, 오줌 세례를 받다니! 하하하."

귀여운 동생 오줌은 하나도 싫지 않다. 싫지 않는 제 마음이 희한하게 느껴진다. 아무리 갓난아기지만 오줌은 오줌이고 배설물인데, 신기하다. 낫짱은 부엌에서 얼굴을 씻고 돌아와서는 엄마와 얼굴을 맞대고 한참 웃었다.

더위가 기승을 부렸지만 기쁜 일이 여럿 있었던 여름이 가고, 산들바람이 볼을 스치는 시원한 가을도 갔다. 중학생이 돼서 처음으로 맞는 겨울방학이 드디어 왔다.

열네 살이 됐으니 이제 낫짱도 언니와 함께 아빠 양복 가게를 돕게 됐다. 그토록 해 보고 싶던 점원을 하는 거다.

언니와 함께 버스를 타고 츠루하시까지 갔다. 연말의 츠루하시 국제시장은 도쿄 긴자 못지않게 붐빈다. 국제시장이라 하지만 여러 외국인들이 함께하는 게 아니라 조선 사람들이 많다.

이 츠루하시 국제시장에는 우리 동포들이 경영하는 조선 옷이며 조선 음식을 파는 가게들이 많다. 제2차세계대전이 끝난 뒤 여기에 암시장이 선 게 츠루하시 국제시장의 시초라고 한다. 일본 사람들에 섞여 우리 동포들도 함께해 암시장은 흥성거렸다고 한다. 이 암시장을 긴테츠가 정리해 철도역을 확장할 때 번듯한 상가로 새롭게 출발한 것이다.

아빠 가게는 양복이나 장식품을 파는 가게들이 많은 거리 가운데에 있다. 아빠가 파는 건 숙녀복과 어린이 옷이다. 신사복은 다루지 않는다. 나라현이나 미에현, 와카야마현 등 지방에서 도매로 사러 오는 장사꾼들도 있다. 그러다 보니 그런 장사꾼은 맞돈*으로 사는 것보다 외상을 놓고 물건을 가져간다.

국제시장은 새해를 앞둔 연말이어서 평상시보다 손님들로 북적였다. 새내기로 일하는 낫짱은 언니한테 손님을 대접하는 법을 두루 배웠다. 한 번 배운 걸로 해낼 수 있을지 자신은 없었지만 언니는 차차 익숙해질 거라고 했다. 오전은 손님 한두 명밖에 상대하지 못했지만 오후에는 낫짱도 제법 팔았다. 후세에서 긴테츠 전차를 타고 왔다는 손님에게 어린이용 남자 골덴 바지를 세 살용 하나, 다섯 살용 하나 모두 두 장을 팔았다. 옷을 포장하고, 돈을 받

* 맞돈: 현금.

고, 거스름돈을 무사히 주었을 때 기쁨은 말로 다 못 한다. 너무 기뻤다. 장사가 재미있었다.

낮짱은 지치는 줄 모르게 손님을 맞이하다 오후 세 시쯤에 겨우 점심밥을 먹었다. 언니와 둘이서 일본 사람이 하는 가게에서 중화라면을 먹었다. 얼마나 맛이 있었는지 모른다. 난생처음 먹는 중국요리였다. 이런 혜택도 국제시장에서 일해서 얻을 수 있다고 생각하니 언니가 더욱 부러워 샘이 갑절로 났다. 낮짱은 그릇에 남은 국물을 남길세라 마지막 한 방울까지 몽땅 마신 뒤에 언니 사발을 곁눈질했다. 언니 사발에는 라면 국물이 남아 있었다.

'칫, 언닌 늘 먹어 그런가 아까운 줄 모르네.'

새침하게 앉아 있는 언니를 속으로 얄밉게 흘겨봤다.

둘이서 저녁을 먹고 돌아오자 아빠가 저녁을 먹으러 갔다. 아빠는 돼지고기를 즐겨 먹는다. 그래서 늘 우리 동포가 하는 가게에서 삶은 돼지고기를 반찬으로 밥을 먹는다. 야채를 더 많이 드시라고, 그러다가 당뇨병 걸린다고 엄마가 아무리 야단해도 백 퍼센트 돼지고기다. 엄마가 없는 츠루하시에서는 더욱 마음 놓고 먹을 수 있어 좋아한다. 아빠는 '제주 사람은 돼지고기 없인 못 산다!'고 당당하게 '제주 사람' 핑계를 대며 돼지고기를 먹는다.

처음으로 해 본 점원 알바가 저녁 여덟 시에 끝났다. 아빠는 문 닫을 시간인 저녁 아홉 시까지 가게를 보다가 문단속까지 다 하고 집으로 돌아온다.

낫짱은 언니와 시영 버스를 타고 좌석에 나란히 앉았다.

"언니."

창밖에다 눈을 돌리고 사라지는 거리 광경을 바라보던 언니가 낫짱 쪽으로 눈길을 돌렸다.

"있잖아, 돈 안 내고 물건 가져가는 아저씨들."

"시골에서 오시는 손님들?"

"그런 것 같아. 오사카 사람은 아닌 것 같으니까."

"왜? 외상으로 사 가는 아저씨들이야."

"옷도 외상으로 살 수 있어?"

"그럼, 외상으로 샀다가 몇 달이 지나면 현금으로 갚는 거야."

"백 퍼센트 계산해?"

"왜? 걱정돼?"

"응, 우리 집이 가난하잖아? 가게 사글세도 내야 하는데……."

"아빠가 알아서 하시니까 걱정 마."

"응, 아빠는 믿지만……."

낫짱은 말을 잇지 못했다.

후카에 정거장까지 이십 분쯤 걸린다. 늘 저녁 여덟 시쯤에는 자야 하는 낫짱이다. 종일 서 있었으니 몹시 지쳤다. 버스 차창 밖으로 흘러가는 밤거리를 바라보던 눈두덩이가 슬슬 내려갔다.

12월 31일. 1959년을 마무리하는 그믐날이다.

낮짱은 언니하고 여느 때보다 한 시간 일찍 집을 나섰다. 어느 가게건 일 년 가운데 손님이 가장 붐비는 날이다. 특히 양복을 비롯해 음식까지 두루 다 갖추고 파는 국제시장은 시장 통로나 가게 안이 사람들로 꽉 찬다. 문 여는 시간이 오전 열 시인데 아홉 시부터 도매상들이 들어왔다. 아빠는 미에나 와카야마처럼 먼 곳에서 온 장사꾼들 편의를 봐 줘야 한다는 생각이어서 영업 준비를 다 못 했는데도 상대해 준다.

만반의 준비를 갖춘 건 열 시 삼십 분쯤 된 때다. 이맘때면 도매상보다 소매 손님들이 많아진다. 한 사람이 몇 벌이나 사간다. 아빠는 주판으로 얼른 계산하지만 낮짱은 암산으로 한다. 틀리지 않게 빨리 하려니 진땀이 난다. 오후 세 시쯤 되어서야 꽤 익숙해졌다.

오후가 지나니까 시장 통로는 사람으로 발 디딜 데가 없을 만치 꽉 찼다. 아케이드를 덮은 통로마다 장사꾼들이 내는 싸구려 소리와 손님들이 가격을 흥정하는 소리가 왁자지껄해 정신을 차릴 수 없다. 양쪽 볼이 열기로 달아오르고 핑 어지럽다.

그믐날은 새해 해돋이를 산꼭대기에서 구경하려는 하츠히노대[*] 등산객이나 하츠모오대[*] 손님들을 위해 밤새 철도를 운영한다. 그

* 하츠히노대: 새해 첫 해돋이.
* 하츠모오대: 새해 초하룻날에 절에서 하는 참배.

래서 국제시장도 정월 초하루 세 시쯤 돼야 가게마다 대청소를 하고 문을 닫는다. 그러니 집으로 돌아오는 시간은 새벽 다섯 시쯤 된다. 그 시간에 다니는 버스는 없고 택시로 돌아와야 한다. 언니와 아빠는 그렇게 하기로 하고 낮짱은 밤 열한 시쯤에 돌아왔다.

그믐날은 몸을 깨끗이 씻고 새해를 맞이하는 풍습으로 어느 집이나 돈이 들어도 식구들이 모두 목욕탕에 간다. 그래서 목욕탕도 늦게까지 운영한다. 낮짱은 처음으로 자정쯤에 목욕탕에 들어갔다. 낮짱은 아랫도리만 대강 씻고 탕 안으로 들어가려고 다가갔다.

"세상에!"

비명 비슷한 소리가 저도 모르게 나갔다. 탕 안에 따뜻한 물이 거의 없는 거다. 그것도 탕 바닥이 보이지 않을 정도로 흐렸다.

'어째야 하지?'

늦도록 일한 몸은 차디차고 피곤해 졸린 채로 비몽사몽 탕 안으로 들어갔다. 바닥에 앉았더니 따신 물은 찬 몸을 풀어 줄 만치 뜨겁지도 않았고 물도 가슴께까지 올라오지 않았다. 어이없다. 그래도 대강 탕 안에 몸을 눕혔다. 그러고는 잠들고 말았다.

"애야, 일어나."

웬 소리에 눈떠 보니 목욕탕 아줌마다.

"어머, 죄송해요."

흐리멍텅한 눈으로 낮은 소리를 냈다.

"이제 나가."

"얼른 씻을게요."

낮짱은 겨우 대답하고 수도에 가 머리를 감고 몸을 씻었다. 수도에서는 뜨거운 물이 나오니까 됐다. 열네 살 인생에서 처음으로 맛본 비참한 경험이다. 아빠와 언니는 초이틀에 여는 목욕밖에 못 한다. 그걸 생각하니 그나마 다행이다.

'일한다는 게 이렇게 힘든 거구나!'

낮짱은 어른이 된 것 같았다. 집으로 가면서 언니가 집안일을 안 돕는다고 늘 불만스러웠던 걸 어리석었다고 뉘우쳤다. 엄마 마토메도 돕고 아빠 가게도 도우니 늘 힘들 텐데 그런 언니를 탓한 게 미안하기 짝이 없었다.

'언니한테 샘낸 게 어설프고 쓸모없는 거였네. 쓸모없는 샘, 어이구, 멋없다. 앞으론 '쓸모 있는 샘'을 가져야겠다. 근데 노동이란 게 진짜 만만치 않네……'

집으로 가는 길, 다리는 퉁퉁 부어 찌뿌둥했지만 머릿속만은 산뜻했다.

웬 젊은이

1960년.

정월 8일부터 시작한 3학기*는 흐르는 물처럼 빨리 흘러가고 어느덧 3월도 하순에 접어들었다.

"깃짱, 내일 철길 놀이터에 가자."

낫짱과 두 살 터울인 깃짱도 이제 5학년이고 4월이면 최고 학년이 된다. 늘 낫짱 꽁무니만 따라다녔지만 낫짱이 중학생이 된 뒤로는 둘 사이가 멀어져 깃짱은 그게 섭섭했다. 그래서 언니가 먼저 말 걸어 준 게 여간 기쁘지 않았다.

"낫짱 언니, 설마 철길 놀이?"

"어이구, 이 나이가 돼서 무슨 철길 놀이. 봄나물 뜯으러 간다."

"민들레 같은 거?"

---

* 3학기: 일본의 학사 일정은 3학기제로, 새 학년 1학기는 4월에 시작한다.

"잘 아네. 맞다. 쑥도 뜯자. 미나리도 있으면 그것도. 오늘 날씨가 유난히 맑고 따뜻해서 말야."

"낫짱 언니, 나 싫어."

"왜?"

"힘들어."

"힘들어도 그게 반찬거리가 되고 떡이 되고 그러잖아. 엄마 돕는 일이다. 함께 가자."

"그래도……. 언닌 많이 뜯어야 만족하잖아. 나 힘들어."

"아냐, 넌 아직 소학생이니까 걱정 마. 대강대강 뜯으면 돼."

"진짜야? 그럼 같이 가."

울보인 깃짱이 이제는 상황을 살피고 분위기 파악도 제법 해 함께 다니기가 수월해졌다. 그동안에 많이 자란 느낌이다.

일요일이다.

푸른 하늘이 맑게 개고 점점이 뜨는 구름이 베로베로* 같아 보인다. 기분이 시원하고 좋다. 낫짱은 장 볼 때 쓰는 바구니를 들고 깃짱 손을 잡고 이코마산이 바라보이는 동쪽으로 걸었다.

"낫짱 언니, 쑥 많이 뜯으면 쑥떡 쪄 줄 거야?"

"그럼, 그래서 가는 거야."

---

* 베로베로: 일본 말 '베로'는 혀를 일컫는 말인데, 혀 모양으로 부드럽게 만들어 노란 콩가루를 입힌 젤리를 말한다.

"와, 좋다. 쑥떡 많이 먹자."

"그래, 그러니까 너도 많이 뜯어야 해. 알지?"

"응, 그럼 언니가 민들레랑 뜯어. 난 쑥만 뜯을래."

"아냐, 앉은 자리에서 보이는 건 두루 다 뜯어야 빨리 끝나."

깃짱은 의뭉스러운 데가 있어 자칫하면 쉽고 수월한 일만 하려든다. 하기 싫은 일은 손도 대지 않는다. 낫짱은 여동생의 이런 됨됨이가 밉지만 자매 사이니 눈감아 준다.

낫짱은 멀리 이코마산이 바라보이는 산업도로*를 좋아한다. 산꼭대기에 오사카와 나라의 경계가 있는 이코마산이 바라보이니 이 도로를 걸으면 나라현을 떠올릴 수 있어서다. 나라까지 가려면 후세역에서 긴테츠 열차를 오십 분은 타야 하고 차비도 비싸다. 소학교 저학년 때 소풍 간 뒤로 한 번도 간 적이 없다. 그때 와카쿠사산에서 노루에게 먹이를 주며 논 일이며, 잔디로 덮인 산에서 점심을 먹는데 남자애가 떨어뜨린 주먹밥이 데굴데굴 굴러간 일도 기억난다. 오사카와 달리 옛 고도였던 나라현의 거리거리가 너무 멋있다고, 내가 사는 곳과 전혀 다르다고 느꼈던 일들이 생생하다.

추억의 줄기는 점점 길어져 어느새 생각의 세계로 넘어갔다.

'언니한테 찾아오는 젊은 남자들이 누군데?'

---

* 산업도로: '오사카부도702호선'을 일컫는 말.

맵짠 바람이 불던 춥디추운 2월의 어느 날이다. 웬 남자 세 명이 언니를 찾아왔다. 남자들은 현관 토방에서 언니한테 뭐라고 말하다가 돌아갔는데, 그 뒤로 사나흘에 한 번은 찾아왔다. 역시 토방에 서서 얘기를 나누다 가는데 그 시간이 점점 길어졌다.

지난번에는 엄마가 미세방에서 얘기하라고 해서 남자들이 처음으로 방으로 들어왔다. 꽤 오랜 시간 얘기를 나눴는데 그때부터 며칠 있다가 언니는 저녁을 먹고 나서 여느 때같이 자기 그릇만 설거지통에 갖다 놓고 집을 나섰다. 언니가 밤에 집을 나서는 것은 처음 있는 일이다. 낫짱은 깜짝 놀랐다. 여자가 밤중에 밖으로 나간다는 게 있을 수 없는 일이라고 여기고 있었으니까. 엄마가 허락한 것 같은데 무슨 일로 나가는지 낫짱은 모른다. 언니에게 물어보면 대번에 풀릴 텐데 언니를 마주할 기회가 없었다.

'궁금해 죽겠다.'

겨울철에 남동생 기저귀 빠는 일은 손이 얼어 너무 힘들다. 그래도 낫짱은 엄마 고생을 덜어 주려고 기꺼이 한다. 그래서 언니가 미웠지만 겨울방학 동안에 가게 알바를 하면서 언니도 힘들다는 것을 겨우 이해했다. 뿐더러 언니는 엄마 마토메도 도와드린다. 이해는 이해대로 하는데 막상 궂은일을 할 때는 바느질이 고운 일 같아 더 좋아 보이고 가게 알바가 편하다고 생각해 버린다. 낫짱은 어느 거나 다 번갈아 가면서 하면 좋겠다고 생각하지만 엄마는 낫짱이 어리다고 마토메는 안 시킨다. 그게 속상하다. 학교에서 가사 선생님은 낫짱이 바느질 잘한다고 늘 칭찬하니 그렇다. 그런데 언니가 엄마 마토메도 돕지 않고 밖에 나갔다. 그것도 밤에 말이다.

'혹시 그 남자들이랑 만나는 걸까? 걔네들이랑 노는 걸까? 설마 언니가 그럴 순 없지? 어이구, 궁금해 죽겠다.'

"언니, 무슨 생각해?"

깃짱이 묵묵히 걷는 낫짱 손을 당겼다.

"오, 미안. 오늘은 깃짱하고 얘기 나누며 걸어야지. 그래, 무슨 얘기할까?"

"언니, 있잖아, 귀국선……."

"귀국선? 그게 뭔데?"

"얼레레? 언닌 귀국선 몰라?"

"그러니까 그게 뭔데?"

"미요짱이 얘기하던데, 북조선으로 돌아가는 배래."

"미요짱이 무슨 얘기한 거야?"

"그러니까 우리처럼 일본에 사는 조선 사람들이……."

"……."

낫짱은 너무 놀랐다. 깃짱이 언니인 자기는 모르는 세계를 알고 있다는 게 희한했다.

"그래, 미요짱이 뭐라고?"

"그것밖에는 몰라. 그래서 언니한테 묻는 거야."

"다음에 미요짱을 만나거든 귀국선 얘기 잘 들어 봐."

"응, 알았어…….. 근데 언니가 요시짱한테 물어보면 되잖아?"

"아냐, 내가 바빠서 시간이 없어."

한동네에 사는 강씨 신노오네 집은 아저씨가 술고래다. 그래서 저녁때는 술을 먹고 곤드레만드레 취해서는 요시짱 엄마를 때린다. 집도 가난하다. 그래서 낫짱보다 나이가 둘 위인 요시짱은 학교에서 돌아오자마자 알바하러 다닌다. 낫짱도 소프트볼 특활 하고 집안일 거드느라 바빠서 서로 사이가 멀어졌다. 이런 사이에 깃짱은 요시짱 동생인 미요짱에게 귀국선 얘기를 들은 것이다.

일본에서 우리 동포들이 많이 사는 오사카지만 보수적인 집들이 많은 후카에에는 동포들이 조금밖에 살지 않고, 특히 낫짱이 사는 서쪽에는 조선 사람이 강씨네와 낫짱네 딱 두 집뿐이다. 그래서 잘 어울려 살아야 하는데 하는 후회가 된다.

'아무리 바빠도 요시짱하고 가끔 만나야지.'

3월 말 슌토쿠미치 철길 제방은 민들레가 제법 자란다. 거기서 동북쪽 하나텐으로 이어지는 들판에는 쑥도 연한 잎들이 돋아났다. 논길이나 물 대기 전 논에는 미나리도 벌써 나기 시작했다. 올 겨울이 여느 해보다 기온이 높아 들나물이 일찍 돋아난 것이다. 운수가 좋았다.

"깃짱, 뱀밥은 뜯지 마."

"왜? 달걀이랑 찌면 맛있는데."

"그건 다듬는 게 야단이니까* 싫어."

"맛있는데."

깃짱은 불만스러운 소리를 냈다가 더 이상 말하지 않았다. 한마디 더 보탰다간 뱀밥 껍질 벗기는 일을 제가 몽땅 하게 될 것이다.

두 시간 가까이 알차게 뜯고 흡족한 기분으로 집으로 돌아왔다. 아빠가 유독 미나리무침을 즐겨 드시니 더욱 뿌듯하다.

집에 오니 아빠 가게에 간 줄 알았던 언니가 학생복 차림으로 있다.

"얼레? 언니, 학교 가?"

"일요일인데 학교는 무슨 학교."

"그럼 학생복으로 가게 일 하게?"

"언닌 좀 다녀올 데가 있다."

엄마가 언니 대신 낫짱에게 말했다. 요새 언니 움직임이 이상하다 못해 수상하다. 학교에서 돌아오면 엄마 마토메를 도와줘야 하는데도 가끔 저녁도 안 먹고 밖에 나가 어두워져 돌아와서는 엄마하고 소곤소곤 비밀스럽게 얘기를 나눈다. 언니가 엄마를 돕지 않

---

* 야단이다: 힘들고 시간이 걸린다.

는 날은 낫짱 일이 늘어난다. 요새 낫짱은 마토메 일부인 단추 달기를 돕게 됐다. 엄마를 돕는 일이니까 마다하지는 않지만 언니를 생각하면 못마땅하다. 낫짱은 궁금한 걸 가슴에 담아 두지 못한다. 모르는 걸 아는 척해서 넘기지 못하고, 따지지 않고는 못 배긴다. 언니가 나간 뒤에 낫짱은 용기를 내 엄마한테 물었다.

"엄마, 나 좀 봐요."

"응?"

엄마는 바느질하는 손을 멈추고 얼굴을 들었다. 그러다가 진지한 눈빛으로 엄마를 바라보는 낫짱 눈과 마주쳤다.

"왜 그래?"

"있잖아요, 언니요."

"언니가 어쨌니?"

"언니 요새 좀 이상해요."

"뭐가 이상해?"

"그러니까 그 젊은 오빠들이 온 뒤에요. 좀 이상해요."

요새 언니 행동거지가 이상한 게 아무래도 청년들이 찾아온 뒤부터인 것 같아 에두르지 않고 곧바로 말했다.

"……낫짱 눈에 그렇게 보이니? 이상하게?"

"응, 학생복을 입고 어딜 가는 거야? 엄마랑 소곤소곤 얘기하는 걸 보니까 아빠는 모르는 거죠? 비밀 지킬 테니까 말해 줘요."

"어이구, 애는 부모 모르게 사란다는데 그 말이 맞는 것 같네. 네가 자라도 크게 자랐다!"

"엄마도 참. 나 이제 중학교 2학년이 돼요. 요새 생각이 많이 깊어졌어요. 나름대로 '사고파 소녀'라고 별명도 붙였거든요.

"세상에, 사고파가 뭐야? 뭐든 사고파서 못 견딘다는 말이야?"

"'사고한다' 할 때 사고요. 그러니까 생각한다는 거요. 생각이 많다는 거잖아요."

"어이구, 깜짝 놀랐구나."

"그러니까 중학생이 돼서 생각이 많고 깊어졌단 말이에요."

"그래, 낫짱 진짜 개구진 짓거리를 안 하네. 싸우지도 않고……. 맞다. 네 말마따나 생각이 깊은 소녀가 됐다. 엄마도 알아."

"그러니까 엄마, 얘기 좀 해 줘요. 언니 요새 뭘 해? 오늘은 어딜 갔어?"

엄마는 낫짱 성화에 못 이겨 청년들이 찾아온 그날부터 있던 일들을 죄다 털어놨다.

집으로 찾아온 청년들은 재일본조선인청년동맹(줄여서 '조청') 동성동지부 맹원들이고, 우리 동포 청년들을 집집마다 찾아다니며 함께 우리말과 글, 역사와 부모님 고향을 배우고 조선 사람으로 살기 위하여 서로 노력하자고 권하는 활동을 한다고 했다.

낫짱은 귀가 솔깃했다. '우리 동포', '우리말과 글', '부모님 고

향', '조선 사람'이라는 말들이 머리에 고상한 울림으로 들어와서
는 가슴을 따갑게 태웠다.

'재일본조선인청년동맹.'

낮짱은 이름을 되새겼다.

'나도 함께 하고 싶다. 조선말 배우고 싶다.'

배우고 싶은 욕심이 와글와글 타올라 머리 위로 솟아올랐다.

"엄마, 그래서 언니는 요새 공부하러 가는 거죠?"

"그래, 아빠한테는 조금 더 배우고 자신이 생겼을 때 얘기할 테
니 그때까지 비밀이라고 해. 그러니까 너도 모른 척해."

"알아요. 입 다물게요. 근데 오늘은 학생복 입고 어디로 간 거야?"

"뭐 무슨 모임이 있다고 해서 갔거든. 남조선에서 무슨 일이 생
겼나 봐. 학생들이며 서울 시민들이 투쟁한다고 그래. 언닌 대회
에 꼭 가고 싶어서 학교에 가야 할 일이 있다고 아빠께 거짓말
까지 하고 간 거야. 그러니까 입 밖에 내면 못 써. 알겠지?"

"투쟁요? 무슨 투쟁? 전쟁은 아닌 거죠? 투쟁이 무엇일까?"

낮짱은 제 머리로 이해할 수 없는 '투쟁'이란 말이 신기하고 어
마어마했다. 언니가 함께하기 시작한 청년들이 무슨 특별하게 뽑
힌 수재들 집단인 것 같았다.

월요일 수업이 다 끝나고 낮짱은 구니모토를 복도로 불렀다.

"구니모토, 저어, 물어볼 게 있어."

"진지한 얼굴이네."

"있잖아, 조선 사람 모임이라 할까? 그런 게 있다는 거 알아?"

"요령 잡고 말해 줘.* 조선 사람 무슨 모임이야?"

"그러니까 딱히 자세히 알 수 없는데, 뭐, 재일본조선청년동맹이라 했던가? 뭐, 그런 모임. 우리 조선 사람들 모임 말이야."

"일본에 살고 있는 조선 사람을 두고 하는 말이야?"

"그래, 뭐 그런 모임이 있다는 거 알아? 넌 모르는 게 없는 것 같아서……."

"나도 잘은 모르는데 우리 집에서 동쪽으로 이십 분쯤 떨어진 데에 우리 동포들이 모여 사는 부락*이 있어. 한 열 집쯤 살까? 거기에서 사람들이 늘 많이 모이는 것 같은데 거기 두고 하는 얘기일까?"

"젊은 사람들이다. 맞아?"

"자세하겐 몰라. 아버지가 그런 모임이 있다는 걸 얘기하시는 걸 들은 적이 있어."

"거기서 공부도 해?"

* 요령 잡고 말해 줘: 알기 쉽게 설명해 줘.
* 부락: 일본에서 봉건사회로부터 내려온 편견으로 부당하게 차별당하는 지역을 뜻해 부른 말이다. 일제강점기 때 조선 사람들이 모여 사는 지역을 일본 사람들이 차별의 의미를 담아 그렇게 불렀다.

"무슨 공부?"

"그러니까 조선말이랑 역사랑 뭐 그런 거."

"물어봐야 알지."

조선 사람들이 열 집이나 모여 산다는 게 낫짱에게는 놀라운 일이었다. 구니모토는 역시 아는 게 많았고 낫짱은 그게 늘 샘이 난다. 사는 환경이 달라서 그런가 싶지만 그런 현실에 어둡고 지식이 없는 자기는 숙맥이랄까 멍청이같이 느껴진다.

낫짱은 욕심이 사납게 났다. 조선 사람으로 당당하게 살고 싶다는 욕심이다. 언니만 알고 자기는 모른다니 어쩐지 손해 보는 것 같은 기분이다. '언니도 거기 가서 배우는 거지?' 자기가 모르는 세계가 있다는 게 속상하고 언니가 괘씸했다.

'오늘이 월요일이지? 그래, 언니는 츠루하시 안 나가. 집에서 엄마 마토메를 돕는다. 얘기하는 건 오늘이다.'

낫짱은 결단코 얘기해야겠다고 마음먹었다.

저녁은 낫짱이 즐겨 먹는 북부기*와 양파를 간장과 마늘로 볶은 찬이다. 하지만 맛나게 먹지 못했다. 눈이 자꾸 언니한테 쏠리고 엉덩이를 안절부절못했다. 설거지를 서둘러 해치우고 마토메를 하려는 언니에게 살짝 다가갔다.

* 북부기: 소의 폐.

"언니, 나 좀 봐."

"왜 그래?"

"좀 물어볼 게 있어."

"끝내 언니한테 따져야겠다는 거구나. 알았어. 가자."

"괜찮아?"

"마토메?"

"응."

"괜찮아. 엄마가 그랬어. 아마 낫짱이 뭐라 할 거라고."

"엄마가?"

"엄마는 우리들 마음을 속속들이 꿰뚫어 봐."

"과연 족집게다!"

"특히 낫짱 마음속은 누구보다 잘 안다."

"어이구, 겁나네."

"뭐가 겁나. 고마운 엄마지."

낫짱은 언니하고 후카에니시 공원에 가서 이야기를 나눴다. 3월 하순 밤공기는 차디차다. 하지만 낫짱은 추운 줄 몰랐다.

언니는 일주일에 두 번 사무소에 가서 조선말을 배우고 역사나 노래도 배운다고 했다. 사무소는 구니모토가 일러 준 거기다. 집에서 걸어서 삼십 분이나 걸리지만 돌아올 때는 청년들이 집 가까이까지 배웅해 준다. 현재 남조선에서는 부대통령이 선거에서 부정을 저질러서 학생들이나 청년들이 반대 투쟁을 하고, 일본에 있는 우리들도 그걸 알고 응원하고 싶어 공부한다고 했다. 조선 사람으로서 떳떳이 살기 위해서는 우선 배우는 일부터 시작해야 한다. 아빠에게는 좀 더 자신이 생겼을 때 당당하게 얘기하겠다고 말했다.

"낫짱, 내가 좀 더 공부해서 널 꼭 사무소에 데려가 함께 공부할 수 있도록 할 테니 언니에게 좀 더 시간을 줘."

언니는 얘기를 끝냈다. 낫짱은 뜨거워지는 가슴을 달래지 못했다. 그저 당당하게 나설 수 있는 사람이 아니라 '조선 사람으로 떳떳이 산다'는 말이 가슴속을 맴돌았다. 그래서 뜨거워지는가 싶었다.

언니가 무턱대고 고마웠다.

젊은이들 모임

그때로부터 사흘이 지난 토요일이다.

밤 아홉 시를 넘어도 언니가 돌아오지 않았다. 자꾸만 현관문 쪽을 살피는 엄마 모습이 너무 딱하다. 돌아오지 않는 언니를 기다리는 게 틀림없다. 아빠는 영업을 마치고 나서 달리 일이 없을 때는 아홉 시 삼십 분에 돌아온다. 그러니까 무슨 일이 있어도 언니는 아홉 시에는 돌아와야 한다. 엄마가 밖으로 나갔다.

엄마가 나간 뒤 낫짱은 살며시 문을 열어 봤다. 엄마가 다카이 빵집 사거리에서 사무소가 있는 서쪽을 서성거리며 살피는 게 어두운 밤거리에서도 보였다. 낫짱 가슴은 미어졌다. 엄마도 언니도 안타깝다. 언니가 나쁜 짓을 하는 것도 아니고 노는 것도 아닌데 이렇게 힘들게 조선 공부를 해야 하고, 엄마는 그런 딸을 감싸 주느라 정신없는 게 안쓰럽다. 아빠 몰래 하는 일이 이처럼 어려운 일이라는 걸 처음 알았다.

"나 왔어."

아빠 목소리다. 낫짱은 화다닥 일어나서 미세방 미닫이를 조심스레 열었다.

"오셨어요, 아빠."

"엄마는?"

아빠는 집에 돌아와서 엄마가 안 보이면 기분이 대번에 나빠진다. 엄마는 언니를 기다리며 사거리 모퉁이에서 서성거리고 있을 거고, 아빠는 버스 타고 동쪽에 있는 후카에니시 공원을 가로질러 온 것이다.

"엄마는 좀 나가셨나 봐요."

제대로 대답하지 못하고 어정쩡하게 말했다.

"시간이 늦은데 어디 나갔냐?"

아빠 목소리가 날카롭다.

낫짱은 어쩌지 못해 망설이는데 문이 열리는 소리가 나고 엄마와 언니가 함께 들어왔다. 아빠는 날카로운 눈으로 묵묵히 언니를 똑바로 바라봤다. 언니는 다소곳이 고개를 떨구고 굳어진 채 토방에 섰다. 엄마가 어서 올라가라고 다그쳤다. 그제야 언니는 문지방을 넘어 미세방에 올랐다. 단단히 각오한 얼굴이다.

"시장하다. 밥상 좀 내와. 술은 있나?"

언니가 밥상을 차렸고 엄마는 아빠 술잔과 김치와 반찬을 챙겼다. 엄마는 언니가 밤에 나갈 때는 꼭 술을 챙긴다. 그래서 오늘도 술은 있다. 낮짱은 천만다행이라고 생각했다. 이윽고 마늘과 상추며 묵은 무김치와 멸치를 조린 반찬이 나왔다. 아빠가 즐겨 먹는 멸치 반찬이다.

아빠는 먼저 생마늘을 된장에다 찍어 먹고 술을 한잔하고 멸치를 젓가락으로 통째로 집어 가시째 씹어 먹었다.

"요놈 멸치가 맛있구나!"

아빠가 아작아작 씹으면서 한마디 했다.

"멸치가 아직 때가 아니지만 더 커지기 전 이맘때가 뼈까지 먹을 수 있어 맛도 좋대요."

"그렇구나. 익은 무김치랑 조린 게 멸치 비린내도 안 나고 맛이 갑절이구만."

아빠는 술안주로 멸치를 다 먹고는 상추에다 밥을 싸고 된장을 얹어 한 그릇 맛있게 먹고 나서야 언니에게 물었다.

"오늘 어딜 갔다 왔냐?"

"당신, 내가요……."

엄마가 먼저 말하려 하는데 아빠가 제지했다.

"당신은 가만히 있어. 난 히사코한테 물었다."

"아빠, 미안합니다. 저요, …… 조선 청년들 모임에 다니고 있어요. 오늘도 거기 사무소에 갔다가 시간 계산을 잘못해서……."

"아홉 시까진 돌아오라 했는데…… 요놈이."

엄마는 애가 타 못 견디는 것 같다. 낫짱은 엄마 보기가 민망했다. 그래서 곱지 않은 눈으로 언니를 노려봤다. 자기도 가 보고 싶은 데고 하니 언니 편에 서야 하지만 엄마 마음고생은 보기 싫다. 그래서 지금은 언니가 아니꼽다.

"왜 멋대로 행동했냐? 아빠한테 먼저 말해야 하는 거 아니냐?"

아빠는 늘 그렇다. 무턱대고 야단하지 않고 애들 사정이나 생각을 먼저 들어준다. 낫짱이 아빠를 존경하는 점이다.

"……여러모로 함께해 보고 그들이 하는 일이 올바른지 어떤지 확인한 뒤에 말씀 드리려고……."

언니 목소리는 본색을 드러냈다. 요 두 달쯤 하던 일들을 되새겨 보고 자기 생각을 제대로 정리한 것 같다.

"그래, 어떤 모임이냐? 이름부터 말해 봐."

언니는 아빠가 말한 대로 모임 이름부터 시작해 배우는 내용들을 얘기하고 가끔 집회에도 참여한다고 했다.

"어떤 집회냐?"

"지금 남조선에서 청년 학생들이 이승만 대통령을 반대해 싸우는데 우리도 지지하자는 그런 집회입니다."

"집회에 가 보니 어떠냐? 함께해야 한다고 느꼈냐?"

아빠는 언니가 답하기 쉽도록 물어서 언니는 어렵지 않게 집회

정황을 설명할 수 있었다. 낫짱은 언니 말을 하나라도 놓칠세라 귀를 강구었다.*

"예, 남조선 청년들이 왜 대통령을 반대하는지 알 수 있었습니다. 대통령이 독재를 하고, 민주화를 요구하는 야당 지도자들을 체포하고 언론 탄압을 해서 그렇대요. 부대통령 선거에서 부정을 저질렀다는 것도 알았고요. 학생들이 반발했는데……. 역시 사회과학을 배우는 대학생들이 먼저 일떠섰다고 해요. 저도요, 일본에 살지만 함께하고 싶어서요."

언니는 도중에 말을 찾느라 좀 더듬거렸지만 얘기해야 할 것은 제대로 털어 낸 것 같다. 언니 양쪽 볼이 연분홍으로 물들었다. 낫짱은 언니가 몹시 부러웠다.

"집회는 언제 어디서 했냐?"

아빠 질문은 세밀했다.

"아빠, 죄송해요. 지난 토요일에 학교 아침 모임만 가고 조퇴해 사무소에서 연 집회에 갔고, 일요일에도 학교 가야 한다고 거짓말하고 가게에 안 가고 오기마치에서 열린 집회에 갔어요."

낫짱은 무척 놀랐다. 언니는 두 번이나 아빠를 속이고 집회에 간 것이다. 아무리 엄마가 허락했다 쳐도 아빠를 속이고 행동했다

* 강구다: 주의하여 듣느라고 귀를 기울인다.

는 게 쉬이 믿어지지 않았다. 엄청 대담한 행동이다. 어디서 그런 힘이 날까 싶었다. 더군다나 하루는 수업까지 땡땡이치고 말이다. 아빠가 어떻게 받아들일까? 벼락이 떨어질 것을 생각하니 무서웠다. 아빠는 잠시 매서운 눈초리로 언니를 쏘아봤다. 언니 마음속을 꿰뚫어 보는 것 같았다.

"토요일에 담임이 가게에 전화를 줬다. 조퇴하는데 집에서 연락이 없었으니까 말이다. 아빠는 그저 그런 일이 있어 그래 시켰다고 했다. 그때 담임은 3학기에 기말고사를 잘 보지 못했고 3학기 성적이 떨어졌다고도 했다."

"아빠 죄송해요……."

"뭐가 죄송하냐?"

"수업 중에 선생님 소리가 귀에 들어오는 것보다 사무소에서 배운 여러 말들이 맴돌아요. 그리고 사무소에서 배운 것들을 생각하는 게 너무 신나서……."

'언니는 나랑 전혀 다른 딴 세계에서 살고 있구나!'

낫짱은 샘을 뛰어넘어 감동했다. 수업 중에 딴생각할 때는 '일본 애들을 이기기 위해서 어째야 하는가?' 하는 생각뿐이고, 이 생각에 골똘히 빠져 앙갚음할 일만 떠올랐다. 그게 이제 겨우 지식이나 성적으로 이겨야겠다고 생각을 돌렸을 뿐이다. '쓸모 있는 샘'이 났다.

낯짱은 아빠를 쳐다봤다. 아빠는 학교 일을 소홀히 하면 안 된다고 늘 가르친다. 학교를 땡땡이친 언니에게 어떤 벼락이 떨어질까 신경을 곤두세웠다.

"그래, 사무소에서 배우는 것들이 그렇게 재미있냐?"

"예, 특히 우리말과 글을 익히는 게 너무 재밌습니다. 무엇보다 거기 가면 다 우리 사람들이어서 함께 있기만 해도 마음이 뜨거워지고 흥겹습니다."

"일본 땅에서 조선 사람들이 떳떳이 살아 나가기 위하여 힘을 하나로 뭉쳐야 한다. 일본 사람을 이기기 위해선 배워야 하고 힘을 뭉쳐야 하는 게다. 사회에 나가서 체험하는 것도 아주 중요한 배움이 된다. 히사코가 말하는 그 모임이란 게 아마도 그런 체험을 시켜 주는 것 같구나. 앞으론 아빠한테 숨기지 말고 당당하게 배우고 모임에 갈 때도 아빠한테 의논하고 가도록 해라."

"아빠, 고맙습니다……."

언니는 코가 맹맹해 말을 잇지 못했다.

"고맙긴. 그런 조직을 몰랐던 아빠가 도리어 고맙다. 다만 배운 건 혼자만 알지 말고 식구들에게도 가르쳐 줘야 한다."

"예, 꼭 그러겠습니다. 근데 아빠, 낯짱을 데려가도 되겠죠?"

마음을 다잡은 언니가 더듬거리며 겨우 내뱉은 말에 낯짱은 놀랐다. 낯짱 가슴에 전류가 찌르르 흘렀다.

"학교 성적이 떨어지지만 않게 해라. 너도 그렇다. 학교 공부를 소홀히 하면 일생 후회할 게다. 이때밖에 못 배우니까 말이다. 학교 성적이 떨어진 채로 있다면 용서치 않겠다. 알겠냐?"

"예, 아빠, 약속하겠습니다."

낫짱은 고개만 끄떡끄떡했다.

"그럼 됐다. 오늘은 늦었다. 이만 자거라."

낫짱은 이부자리에 들었지만 눈은 말똥말똥하고 머리는 지릿하도록 밝았다. 가슴이 뜨거웠다.

'아빠가 말하신 돈으로 부유한 것보다 마음의 부유함이 더 값지다는 게 이런 경우를 두고 말하는 게 아닐까?'

앞으로 벌어질 우리 청년들과의 만남을 상상하며 낫짱은 알 수 없는 포근함에 휩싸였다.

2학년 시업식을 나흘 앞둔 4월 1일.

낫짱은 언니를 따라 지부 사무소에 갔다. 집에서 동쪽으로 줄곧 걷다가, 개골창*에 걸린 다리를 건너 일본 유치원을 지나 좀 가다가, 치과 의원을 오른쪽으로 돌고 상가 거리를 한 오 분쯤 걷다가, 골목을 오른쪽으로 돌고 한참 가니, 초라한 집들이 모여 사는 부락

---

* 개골창: 수채 물이 흐르는 작은 도랑.

이 나타났다. 어스레한 시간이었지만 부락을 이루는 여남은 집들이 둘레 집들에 비해 허술하고 보잘것없어 보였다.

부락 어귀에서 짐승 구린내가 흘러나와 코를 찔렀다. 구니모토가 일러 준 말이 떠올랐다. 사각 모양을 이룬 부락 가운데에 돼지우리가 있었다. 연분홍 돼지 몇 마리가 꿀꿀거렸다. 돼지를 눈앞에서 보는 것은 처음이다. 일본 애들이 조선인을 깔보고 부르는 노래에 따르면 돼지우리는 깊은 산속에 있어야 하는데 여기는 사람 사는 동네에 있다. 진짜 놀랐다. 아빠가 끼니마다 거르지 않고 먹고 싶어 하는 돼지고기를 이런 데서 기른다는 게 신기했다.

돼지우리에서 좀 떨어져 크게 지은 집으로 언니가 들어갔다.

"안녕하십니까?"

언니 입에서 나온 조선말을 처음 들었다. 낫짱은 놀란 눈으로 언니를 흘겨봤다. 긴장된다.

방 안에 있던 젊은이 몇 사람이 문 쪽을 보고 인사했다.

"오오, 구자 동무, 안녕하십니까?"

언니 따라 낫짱도 조심조심 들어갔다.

"여동생이 같이 왔습니까! 하강 동무라 했지요? 안녕하십니까?"

낫짱은 뭐라 답할지 몰라 공손히 고개만 끄덕였다. 심장은 쿵쾅쿵쾅 방망이질했다.

'하강? 내 이름이 하강?'

갈색으로 그을린 남자가 다가와서 낫짱에게 오른손을 내밀었다. 악수하자는 거다. 낫짱은 복숭아빛으로 상기된 얼굴을 다소곳이 수그리고 조심조심 오른손을 내밀었다. 그 남자가 그 손을 와락 잡아 흔들었다. 무지 힘있다. 함께 있던 젊은이들이 따라했다. 낫짱은 누가 누군지 악수의 뜻이 뭔지도 모르고 고개를 끄떡하며 악수들을 받았다. 막 뛰던 심장 고동이 좀 가라앉는 것 같았다.

일본 학교에서 쓰는 나무 책상과 걸상이 여남은 개 놓여 있어 빈 책상에 언니와 낫짱이 앉았다. 단발머리에 파마를 한 여자가 일어서서 앞으로 나갔다.

"자, 동무들, 김하강 동무를 환영하며 노래합시다."

'김하강'. 낫짱은 심장으로 들었다. 숨이 막히는 것 같다

"여러분, 새로 온 동무를 맞이할 때 부르는 노래입니다. 노래집을 펼쳐 주십시오."

맹원들은 등사판으로 인쇄된 노래집을 꺼냈다. 가창 지도를 맡은 파마머리 여자가 두 손을 들어 지휘할 자세로 소리쳤다.

"시이작!"

아리랑 아리랑 아라리요
아리랑 고개로 넘어간다

나를 버리고 가시는 님은

십 리도 못 가서 발병 난다

아리랑 아리랑 아라리요

아리랑 고개로 넘어간다.

엄마가 일하면서 가끔씩 부르는 노래다.

무슨 말인지 어떤 뜻인지 전혀 모른다. 그런데 가슴이 두근거리기 시작했다. 엄마가 혼자서 부를 때는 애절해 서글픈 느낌만 있는데 여럿이 함께 부르는 이 노래는 가슴에 와닿는 느낌이 장중하다. 이내 몸이 뜨겁게 타올랐다. 뜨거움은 승화해 물방울이 돼서 볼을 적셨다. 낫짱은 가족이 아닌 조선 사람들이 갖는 뭐라고 해야 할지 모르는 감정 속에 몸을 내던졌다.

'이게 조선 사람이란 말이지. 우리 조선 사람!'

뭉쳐진 '우리'가 이 세상에 존재함을 '하강'인 낫짱은 이렇게 터득했다.

2부

조선 사람 김하강

이럴 줄이야!

1960년 4월 5일.

"엄마, 다녀올게요."

"어이구, 엄마 돕느라 아침부터 일 많이 했네. 오냐, 잘 다녀오렴."

낫짱은 현관 미닫이를 거뜬히 열고 밖으로 나섰다. 화창한 봄날 하늘은 푸르디푸르다.

'족집게 엄마가 칭찬해 줬으니 오늘 종일 좋은 일만 있겠다. 우선 담임이지. 아마 나가세만은 면할 거다. 그래, 그렇고 말고. 꼭 그럴 거야. 믿자. 다음은 반 동무들……. 하느님, 제발 구니모토, 미츠이랑 한 반이 되게 도와주세요. 하느님, 빕니다.'

새 학년 첫째 날은 반 배정을 확인해야 하니 좀 더 일찍 나서고 싶었다. 하지만 엄마가 낮에 시간 맞춰 가져가야 할 마토메가 시간이 좀 걸릴 것 같았다. 눈치를 챈 낫짱이 아침 설거지를 끝낸 다음에 단추 다는 일을 도와드렸다.

여태껏 살면서 족집게 엄마의 칭찬을 받은 날은 꼭 좋은 일만 생겼다. 그래서 오늘도 믿기로 했다. 시업식*이라서 가방을 들지 않으니 몸이 거뜬하다. 뛰다시피 걸었다.

그런데 복도에 나붙은 반 배정표도, 식에서 호명되고 소개된 담임도 낮짱 마음을 갈기갈기 찢어 놓았다.

'세상에, 이럴 줄이야!'

엄마 족집게도 점쟁이 뺨치지 못할 때가 있다는 현실을 처음으로 알았다.

'이래서 세상 살아가는 게 어렵다는 걸까?'

담임은 공교롭게도 교사들 가운데 가장 싫어하고 여러모로 받아들이기 어려운 나가세 돌팔이다. 하늘에 기도하며 부탁까지 했는데 낮짱 마음은 머나먼 하느님 세계까지 가닿지 않았나 보다. 반 배정도 쌀쌀맞기는 마찬가지. 친한 친구가 아무도 없다.

짝꿍 아케미짱은 집이 가까우니까 양보한다 쳐도 구니모토나 미츠이도 없다. 한 반 건너 5반인데 그 둘은 같은 반이다. 샘이 난다. 근데 하필이면 그 반에 와카오까지 있다. 마음이 오그라들더니 이내 한숨이 나왔다.

뜻이 잘 통하고 후카에 소학교 기악부에서 손풍금 파트너로 함

---

* 시업식: 개학식.

께한 무카이도 1학년에 이어 계속 딴 반이다. 낫짱이 공주파 애들
하고 싸울 때 늘 낫짱 편이 돼 도와준 기악부 짝꿍인데 엎친 데 덮
친 셈이다. 하느님도 무심하다 싶었다.

'앞으로 일 년 동안은 외롭게 지내야 하니까 단단히 마음먹고
받아들이자. 아빠 말마따나 '고생 끝에 낙이 오는 법'이지. 그래,
마음 단단히 먹고 살면 돼! 낫짱의 '마음 표현 법칙'에 따라 본
때를 보여 줘야지!'

"가네모토 안녕?"

느닷없이 부르는 목소리에 고개를 팩 돌렸다. 미우라다. 얼굴은
웃고 있지만 조심스러워 보인다.

'그래, 배정표에 걔 이름이 있었지. 내 머릿속에 없었구나.'

미우라는 소학교 때는 기악부를 함께했고 지난 일 년 동안은 옆
반인 5반에 있었다. 미우라는 조선 애를 차별하지 않지만 기악부
공주파 애들이 난리 칠 때는 그저 바라보기만 했다. 어떤 일에도
무관심을 옷처럼 걸치고 지내는 애다. 그래서 별로 마음에 안 들었
는데, 반이 이웃이 된 지난해에는 뜻하지 않게 걔 시선이 느껴졌
다. 복도를 지나다가 우연히 마주칠 땐 서로 손 인사만 나누었는데
그때 눈빛도 소학교 때와는 좀 달랐다. 그래서 어쩐지 서먹하면서
도 별스러운 느낌이 들곤 했다.

'그래, 미우라가 한 반이다. 세상에, 있어야 할 사람은 없고 없어

도 되는 사람은 있고……'

"미우라, 일찍 왔네?"

"가네모토도. 역시 궁금해서?"

"그러니까 배정이 말이지."

"그래, 난 가네모토하고 한 반이 되고 싶었어. 그래서……저어,
'낫짱'이라 불러도 돼?"

"……돼."

낫짱은 순간 말이 막혔다가 겨우 한마디 했다. 미우라의 말은
너무 뜻밖이었다.

하굣길 낫짱 머릿속은 어수선했다. 반 배정표를 보고 받은 충격,
나가세 담임이 첫 출석을 불렀을 때 자기를 쳐다본 눈, 반 분위기,
복도에서 우연히 마주친 구니모토의 아쉬운 낯빛……. 나름으로
느낀 점들을 정리해야 한다고 생각하다가 뭐니 뭐니 해도 미우라
의 말이며 표정에 생각의 화살이 날아갔다.

'한 반이 되고 싶었어.' '낫짱이라고 불러도 돼?' 같은 말은 무시
무시한 느낌으로 낫짱 가슴을 후비적댔다. 미우라에 대한 속마음
을 떠오르는 대로 머릿속에 나열해 보자고 기억을 더듬다가 그동
안 친하게 지내지 않았으니 도무지 짚어 볼 재료가 없어 포기했다.
그래서 '여태껏 왜 미우라와 친해지지 않았지?' 미우라에 대해 느
껴 오던 것을 머릿속에서 정리했다.

첫째, 부자고 머리가 퍽 좋다.

둘째, 기악부 애들 말마따나 연예계에 관심이 커 자꾸 배우나 가수들 화젯거리를 꺼내는 것 같다.

셋째, 분위기가 쌀쌀하고 거만하게 보인다.

아참, 무엇보다 인물이 잘났고 몸매도 너무 곱다. 여러모로 나랑 사는 세계가 달라서 아마 멀리했겠지.

낫짱은 자문자답하며 미우라에 대한 결론을 냈다.

낫짱은 기연가미연가* 뚜렷하게 판단하지 못하는 일이나 궁금한 일이 생각의 구석에 있는 불안정한 상태를 오래 두지 못하는 성격이다. 하지만 남의 속마음은 훔쳐볼 수가 없다. 미우라가 스스로 말할 때를 기다릴 수밖에 없다고 결론지었다.

학기 초 4월이 눈코 뜰 새 없이 지나갔다.

학교 정면 조례대 옆에 수려하게 서 있는, 수령 30년을 훌쩍 넘은 왕벚나무도 꽃은 다 지고 어느새 어린잎이 돋아나 초록빛 나무가 됐다. 벚꽃 가운데서 산벚꽃 말고는 가장 소박한 벚꽃이어서 낫짱은 이 왕벚나무를 아주 좋아한다. 왕벚나무는 벚꽃 두 종류를 교배해 만든 신품종이어서 결실을 맺지 못한다. 그래서 꽃이 필 때는 어느 나무나 다 한꺼번에 피고, 질 때도 다들 함께 지니 한창일 때

* 기연가미연가: 긴가민가.

가 지나면 이제 구경도 못 한다.

이번 봄에 낫짱은 벚꽃 구경을 못 했다. 엄마가 하는 마토메 일을 도와드리고, 다 된 마토메를 자전거로 모리마치까지 나르고, 언니와 제 도시락을 만들고 하니 늘 시간에 쫓겨서다. 게다가 공부에 더 힘을 들이자고 마음먹으니 시간이 모자라다. 하지만 엄마 손발이 되었다는 보람이 있어 결코 싫지는 않았다.

5월 중순에 치른 정기 시험을 마친 이틀 뒤다. 마토메를 모리마치까지 나르는 일이 없어 낫짱은 평소보다 일찍 등교했다. 국어*시간에 한자 소시험이 있어 다들 등교하기 전에 한자를 외우기 위해서다.

교실에 들어서니 뒷벽 흑판 위에다 시험 성적 순위가 나붙었다.

'어머, 벌써 성적이 나왔나?'

이번은 시험공부에다 좀 공을 들였으니 결과가 은근히 기대됐다.

'와! 미우라가 3등이다. 역시 공부 잘한다.'

낫짱은 속으로 생각했다.

'하느님은 한 사람에게 좋은 걸 동시에 주지 않는다고 하는데 말야, 걔한테는 주잖아.'

성적 순위표를 바라보면서 혼잣말했다.

---

* 국어: 낫짱은 일본 중학교에 다니고 있으므로 여기선 일본어다.

'미우라는 남들보다 뛰어나게 훌륭한 게 네 개나 있다. 아무리 생각해도 불평등하다.'

낫짱은 혼자 불만을 뇌까리며 순위에 따라 이름을 봤다.

7. 가네모토 나츠에

'오오, 내 등수가 올랐잖아? 7등이다! 42명 가운데 이 정도면 됐지! 그래, 기말고사는 5등을 노려 보자!'

낫짱이 1학년 때 가장 잘 받은 등수는 9등이었다. 2학년에 올라와 공부 시간을 늘린 결과다. 과목 답안지를 돌려받지 못했으니 어느 과목이 어떤 결과를 냈는지 확인은 못 하지만 기뻤다.

'엄마가 좋아하실 거다.'

엄마를 도울 때마다 미안하다고 말하는 엄마의 수심 가득한 얼굴이 떠올랐다.

"가네모토, 낫짱."

등 뒤에서 미우라의 맑고 높은 목소리가 들렸다. 낫짱은 엉겁결에 뒤를 돌아봤다.

"오, 미우라, 너 3등이네. 1등하고 0.7점 차이니까 아쉽다!"

"오옷, 아냐, 그 0.7이란 숫자가 실력 차이지. 점수란 그런 거잖아. 그래서 0.1은 마물이라 하잖아? 숫자는 무서운 거야. 순위란 게 학생들 희로애락을 좌우하니까. 난 숫자로 성적을 나타내는 게 싫어. 근데 낫짱, 넌 올라갔네!"

성적 순위표를 훑어보던 미우라가 가네모토 이름을 찾았다.

"왜? 너는 내 1학년 때 성적을 알아?"

"응, 알아. 관심이 있었어……."

"관심? 무슨 관심?"

"있잖아, 무시 못 하는 존재."

"뭐? 무시 못 하는 존재?"

"그럼, 넌 날 거들떠보지도 않았지만 난 늘 지켜보고 있었어."

"……뭐가 뭔지 모르지만 좀 부끄럽네."

이제 미우라와는 여태껏 하던 눈인사 말고 맑고 높은 목소리로 인사한다. 시간이 지나면서 담임이나 같은 반 친구들에게 받는 느낌 따위도 말하게 돼 제법 곁을 주게 됐다. 미우라는 성적 순위를 따지는 학교 교육에 대해 자기 생각을 대담하게 말했다. 의견을 적극적으로 내는 미우라의 기세에 압도돼 낫짱은 대답할 말을 찾지 못하고 그저 듣기만 했다.

낫짱에게 관심을 보이는 동무가 구니모토나 미츠이 말고도 있다는 게 새삼 놀랐다. 아니 와카오도 좀 그랬다. 와카오는 다른 애들과 달리 자기를 감싸 주고 편들어 줄 인물로 낫짱에게 기대를 하고 다가왔다. 속마음이 곱지 않아서 걔가 뜻하지 않는 방향으로 흘러갔고, 낫짱 자긍심도 엉망진창이 되었지만 그 결과 낫짱에게 '조선 사람은 공부해야 일본 사람을 당해 낼 수 있다.'고 세상 보는 눈을 부릅뜨게 해 줬기에 무시하기만 할 존재는 아니었다.

아케미짱은 그들과 다르다. 그집 식구들 모두가 우리 편이다. 왜 그러는지 알지는 못하지만 후카에란 지역이 아주 보수적이어서 조선 사람을 따돌리는데도 말이다. 고마운 가족들이다.

이렇게 정리하니 미우라도 나름 '낫짱 편'에서 함께할 거라고 확신 비슷한 걸 가지게 됐다.

낫짱은 부끄러운 속마음을 감싸는 양 눈길을 창문 쪽으로 돌렸다. 초여름 산들바람에 흔들리는 푸르싱싱한 벚나무 이파리가 유리창 너머로 보인다. 돋아난 지 얼마 안 된 어린 잎사귀들도 춤추는 게 보인다. 꽃구경을 제대로 못 한 아쉬움은 있지만 잎은 잎대로 내년 꽃을 약속하는 것 같아서 좋다.

'마음에 여유가 생겨 그럴까? 요새 경치에 눈길이 간다.'

낫짱은 바람에 살랑이는 잎사귀들처럼 가볍게 말했다.

"조금만."

오른손 손가락으로 조금이란 손짓을 했다.

"조금 시험공부 했어. 수업에 집중했고요. 특히 영어."

낫짱은 혀를 날름 예쁘게 내밀었다. 1학년 때 나가세 선생에게 갖던 반항심은 개구진 학생들 사이에 소문이 돌았고 낫짱에게 관심이 컸던 미우라 귀에도 들어갔던 것이다.

"시험을 잘 봤나 보네?"

"응, 낱말이랑 중요 문장을 다 외웠어. 영어 자체는 싫어하지만 뭐, 할 수밖에 없잖아? 기본 과목이니까 그치?"

"맞아. 근데 아직도 우리 담임 안 좋아해?"

"두 달 동안 담임으로 대하니까 좀 느낌이 달라졌어. 나가세 선생이 우리 조선반도에 대해 공부 좀 해서 그럴까? 아님 날 피해서 그런 걸까? 하여튼 반에서도 수업 중에도 지난해처럼 조선 학생을 특별히 괄시하진 않아. 그러니 나도 제대로 수업받을 수밖에 없잖아?"

미우라와 이런 얘기를 나눌 줄이야 상상도 못 했다. 성적으로 줄을 세우는 학교 방침에 대한 미우라 생각이 낫짱 마음을 더욱 연 것 같다. 이런 얘길 순하게 나눌 수 있어 좋았다.

"낫짱, 이번 토요일에 우리 집에 안 올래?"

미우라가 차분히 얘기 나누고 싶다며 사정했다. 뜻밖이었다. 낫짱은 잠깐 머뭇거리다가 분위기에 휩쓸려 가겠다고 했다. 엄마 돕는 일은 일요일로 돌리면 된다.

후카에 서쪽 변두리에 있는 미우라 집은 낫짱 집에서 걸어서 삼십 분, 학교에서는 이십 분 남짓 걸린다. 토요일에 수업을 마치고 낫짱은 미우라와 함께 교문을 나섰다. 엄마는 미우라 집에서 먹으라고 빵 값을 줬고, 낫짱은 길쭉한 트위스트 두 개를 샀다. 버터에다 우유와 설탕을 섞어 구워 맛이 담박하면서도 깊고, 씹을 때 부드러운 식감이 나서 아주 좋아한다. 엄마는 세 개 살 돈을 줬지만 낫짱은 두 개만 샀다. 남은 돈 10엔을 저금해 놨다가 엄마가 필요할 때 살짝 건넬 참이다. 그때 엄마 얼굴을 보는 게 낫짱 보람 가운데 하나다.

미우라 집은 서양식 집으로 낫짱 집보다 일고여덟 배쯤 커 보였다.

'역시 어마어마한 부자다.'

속으로 생각하며 현관에서 응접실로 들어갔다. 하얀 꽃무늬 레이스 커튼이 눈에 들어왔다. 방 가운데에 고양이 다리를 한 낮고 긴 타원형 탁자가 놓였고 둘레에 긴 소파와 일인용 큰 소파가 놓여 있다. 음악을 잘 들을 수 있는 고급스런 오디오가 있고, 좀 간격을 두고 술을 보기 좋게 넣어 둔 찬장이 있는데 그 위에 도자기 꽃병이 얌전히 놓여 있다. 벽면에는 유화 풍경화 액자가 하나, 맞은편 벽면에도 하나 걸려 있다. 오디오나 찬장은 츠루하시 삼촌집에 있는 것보다 훨씬 고급이다. 낫짱은 완전히 압도됐지만 이내 곧 고개를 절레절레 흔들었다.

'뭐, 돈이 다야? 부자가 대단해? 턱도 없다!'

그래 놓고 부러 태연한 척했다.

"미우라, 너네 집 진짜 잘사네! 집도 겁나게 크고 가구들도 너무 고급이잖아. 놀랐다!"

"뭐, 집만 크지. 내용은 없어……."

"엉? 그게 무슨 소리야?"

"엄마도 아빠도 자기 생각뿐이야. 내 생각은 조금도 안 하고. 낫짱, 그러니까 저녁때까지 있어 줘. 나는 혼자라 외로워. 특히 오늘처럼 오전 수업에다가 특활도 없는 날은 더……."

미우라는 말해 놓고 차를 준비하러 부엌으로 갔다.

미우라 부모 얘기를 들은 낫짱 속은 불편했다. 무슨 말로 위로해야 할지 몰라 답답했다. 미우라가 너무 불쌍하고 안쓰럽다. 그렇잖아도 미우라가 습관처럼 하는 손버릇이 소학교 때부터 마음에 걸렸는데, 무슨 병일까 싶어 묻지 않고 오늘까지 왔던 것이다.

미우라는 오른손을 가위바위보 할 때 짓는 주먹을 쥐어 오른쪽 하복을 간단없이* 때린다. 그 동작을 끊임없이 반복한다. 그래서 일어선 채 얘기할 때는 자꾸 몸 움직임에 눈이 가 차분하게 얘기 나누기 어렵다. 이게 미우라에게 거리를 둔 까닭이 아닐까 싶다.

오늘 미우라 집에 와 아빠 엄마 얘기를 들어 보니 '혹시' 하는 생각이 들었다. 아담한 양옥집에서 부자로 사는 미우라이지만 '행복'이란 감각은 아예 모르는 게 아닐까?

'하늘은 모든 사람에게 좋은 것이나 재능을 골고루 나눠 줬다는 말이 진짠가 보네.'

---

* 간단없이: 끊임없이.

낮짱은 어른들이 하는 말을 기연가미연가 의심해 왔지만 결코 가짜는 아니라고 느꼈다.

미우라는 엄마가 손수 만든 샌드위치를 내왔다. 낮짱은 들고 간 트위스트를 타원형 탁자에서 홍차와 함께 먹고, 미우라 엄마가 깎아 둔 사과와 배며 딸기 같은 디저트까지 푸짐히 먹었다.

"낮짱, 너, 소학교 때에도 멋있다고 생각했는데 중학생이 되니까 더욱 점잖아져서 눈길이 가. 우린 소학교 때는 그닥 이야기 나누지 않았잖아? 난 너한테 관심이 많았어. 얘기할 기회도 노리고 말이야. 그런데 이번에 한 반이 됐잖아? 그래서 난 너랑 친하게 지내고 짝꿍도 되고 싶어."

미우라는 단숨에 말했다. 벼르고 벼르던 말인 것 같다. 말하고 나서 길게 한숨을 토해 냈다. 낮짱은 놀랐다가 이내 곧 안타까운 마음이 가슴에 차올랐다. 이런 생각을 여태껏 속으로만 간직해 왔을까 싶으니 자기 책임이 아닌데도 잘못을 저지른 것 같아 마음이 불편하기까지 했다.

"미우라, 날 그렇게 보고 있었어?"

"……"

미우라는 아무 말도 안 했다. 머쓱한 시간이 흘렀다. 답답하다. 침묵을 좀체 못 견디는 낮짱이 먼저 입을 열었다.

"좀 부끄러운데……. 난 말야, 보통보다 위도 아니고 아래도 아닌 그저 보통 여자애인데……. 너야말로 공부 잘하고, 인물도 잘났고, 부유하게 사니까 온몸에서 풍기는 분위기가 멋있어! 내가 못 가진 걸 넌 갖고 있으니까 사는 세계가 다르다고, 가까이 할 상대가 아니라서 아예 멀리했을까?"

낫짱은 여태껏 품고만 있던 미우라에 대한 느낌을 털어놨다.

"넌 날 그렇게 보고 있었구나! 이웃집 잔디가 푸르게 보인다*더니 맞는 말이네. 난 낫짱이 정의롭고 똑똑해서 좋아. 그리고 넌 당당하잖아. 가만히 있어도 뭐라 할까, 분위기가 한가닥 하게 생겼어. 나에겐 그런 게 없거든. 늘 자신이 없어. 남들 앞에 떳떳하게 서지 못해. 공부야 수업 시간에 배우는 걸 착실히 하면 되잖아. 하지만 본래 싫어하는 성격은 여간 노력하지 않고선 몸에서 떨어지지 않지? 타고난 거니까. 그래서 난 낫짱이 늘 부러웠어. 와타나베에게 샘이 났고. 넌 구니모토나 미츠이하고도 사이 좋잖아. 나도 그렇게 너랑 잘 지내고 싶어."

"……너에게도 친구가 있잖아? 없어?"

에두르지 않고 직선으로 물었다. 궁금하던 점이다.

"없어. 그저 인사 나누고 한두 마디 나누는 친구는 있지만 속을 털어 낼 친구는 없어."

---

* 이웃집 잔디가 푸르게 보인다: '남의 떡이 커 보인다'와 비슷한 미국 속담.

"그랬구나, 몰랐어. 미안해."

"미안하긴. 모르는 게 당연하지. 남의 일인데."

"그건 그렇지만. 아무튼 네 마음은 알았어. 무슨 얘깃거리가 생기거든 나에게 말해 줘. 나도 없는 머리를 짜내서 생각할 거니까."

낫짱은 그렇게 말해 놓고 오른손을 내밀었다. 악수하자는 뜻이다. 조청 언니 오빠들이 친근함을 나타낼 때 하는 인사법이다.

"뭔데?"

"그러니까 악수."

"오오. 고맙다."

미우라는 사과빛으로 물든 볼을 하고 오른손을 내밀었다. 낫짱은 그 손을 힘들여 꽉 잡았다.

"아얏, 아파."

미우라가 큰 소리를 냈다. 아마 미우라 인생에서 처음 맛보는 악수가 아닐까? 일본에서 이런 악수는 별다르다.

"이게 조선식 악수이거든. 서로 잘 지내자는 사회주의식 의사 표시인가 봐."

"너, 진짜 멋있다!"

미우라는 그래 놓고 도로 오른손을 내밀었다. 둘은 환한 웃음을 온 얼굴에 피웠다.

이야기는 한창 무르익었다. 그런데 낫짱은 난생처음으로 푹신

한 소파에 엉덩이를 깊이 묻고 앉자 자세를 잡지 못했다. 단단한 다다미 위에서는 등과 가슴을 펴고 속에 있는 말들을 제대로 할 수 있는데. 그러다 보니 익숙한 자세로 자연스레 앉은 미우라가 이끄는 이야기에 귀 기울이기 급급했다.

미우라는 담임인 나가세 선생을 대하는 낫짱의 태도가 궁금한 것 같다. 어떻게 느끼냐고 묻는 말에, 낫짱은 지난해에는 조선 학생을 얕잡아 업신여기는 말을 자주 해서 반항심이 났지만 올해는 좀 삼가는 것 같아 '반항 바람'이 불지는 않는다고 했다.

"그랬구나! 난 전혀 의식 못 했어."

"당연하잖아. 넌 일본 사람이니까. 당사자라야 느끼는 감정이다."

낫짱은 아무렇잖게 가볍게 넘겼다.

"……너어, 구니모토나 미츠이하고 사이좋잖아?"

"그래, 생각이 같은 점이 많다 할까, 성격이 비슷한 데가 좀 있다 할까 뭐, 그런 걸로 얘기 많이 나눠."

"혹시……걔들도 조선 사람?"

"그래."

"그래서 같은 생각을 한다는 거구나. 이를테면 어떤 생각이야?"

"으응……. 그러니까 우린 조선 사람이잖아. 그러니 조선 사람으로서 갖는 생각이야. 그러니까 여기 일본에서 어떻게 살아가야 하는가, 하는 것들 말이야."

"그렇담 조선 사람들은 다 같은 생각을 하는 거야?"

"아니, 그렇지 않은 우리 사람들도 많아."

낫짱은 한동네에 사는 유일한 우리 동포인 강씨네 가족들을 떠올렸고 조청 지부 오빠들이 일러 준 우리 동포들 상황을 생각하며 설명했다. 미우라는 조용히 귀 기울였다.

"조금은 이해되는 것 같아. 고마워. 어려운 문제네. 하지만 우리 일본 사람도 꼭 생각해야 할 문제거든."

"맞아, 나도 그렇게 생각해. 우리 조선 사람들만 머리를 이리저리 돌려 생각해서 해결될 문제가 아니거든."

"낫짱, 앞으로도 이런 얘기 해 줘."

"알았어. 그럴게."

미우라와 낫짱은 뜻밖에도 역사와 사회에 대해 이야기 나누며 의미 있는 시간을 보냈다.

낫짱은 집으로 돌아가며 부모님이나 언니에 대한 고마움으로 가슴이 부풀었다. 아빠가 입이 닳도록 말하는 '물질적인 부보다 정신적인 부가 더욱 중요하다.'는 말이 짙은 색깔을 띠었고, 조선 사람들 삶을 알려고 하는 친구가 생겼다는 충족감이 가슴에 퍼졌다.

'하지만, 돈도 있어야 살지? 우리 집이 좀 더 부유하면 항마님도 편하실 거잖아?'

낫짱은 자기를 둘러싼 조선 사람들 가난이 불행을 불러오는 현실을 무심코 보지 못했다. 재일 조선인들 불행의 근원이 아무래도 '돈'에 있는 것 같아 한마디로 정신적 부가 더 중요하다고만 생각할 수 없었던 것이다. 그나저나 미우라가 자기를 그렇게 보고 있었다는 사실은 놀라지 않을 수 없었다.

'근데, 나하고 얘기할 때 '하복 치기' 하지 않았지? 분명 안 했어. 줄곧 앉아 있었으니까 그런가? 아냐, 일어서서 움직일 때도 안 쳤지. 그렇다. 안 쳤다.'

낫짱 혼자 묻고 답했다.

'그렇담 나랑 자주 얘기하면 그 버릇을 고칠 수 있을까? 오, 시험해 볼 만하다! 미우라의 '하복 치기'가 없어진다면 만세지!'

미우라와 지낸 세 시간 동안 미우라의 움직임을 삼삼히 떠올리며 꼭 확인하고 싶은 충동을 느꼈다.

'옳지, 시간이 허락하는 한 얘기 많이 나누자!'

미우라를 위해 작지만 한몫하자는 마음이다. 중학 생활의 새로운 목표가 하나 또 생겼다. 가슴이 뛴다. 무척 벅차다.

1교시 영어 수업이 끝나자 낫짱은 5반 교실까지 뛰다시피 걸었다.

"구니모토, 나 좀 보자."

"엇, 가네모토, 왜? 영어 수업 때 또 사건이 벌어졌어?"

구니모토는 낫짱 반이 아까 영어 시간인 걸 알고 있다. 나가세 선생님과의 관계를 계속 걱정하는 것 같다. 고마운 친구다.

"아냐, 미우라 얘기."

"미우라가 어땠어?"

"걔가 집에 와 달래서 갔다 왔어. 어마어마한 부잣집이다."

"그랬구나! 그래서 얘기 많이 나눴어?"

"나눴지. 결론만 말할게. 서로 친구로, 짝꿍이 되고 싶대."

"그랬구나. 외로운가 보네."

"너어, 친구가 미우라를 잘 알잖아."

"그렇지. 걔 너무 머리가 좋아 다들 어려워했어. 그러니까 가깝게 지내는 친구가 없었던 거 아냐? 사람도 똑똑하게 생겼잖아."

"그랬구나. 학창 생활에 친한 친구가 없으면 외롭지."

십 분이란 짧은 시간에 낫짱은 미우라와 주고받은 핵심만을 요약해 말했다.

"그러니까 네가 성적은 떨어지지만 할 말은 꼭 하니 인물이 똑똑해 보이는 거지. 제 뜻을 제 말로 나타내는 게 멋있는 거지."

"맞다. 걔 여태껏 종잡을 수가 없었어."

"친구로 사귀어 보고 마음이 통하게 되면 대박이잖아? 조선 사람을 이해하는 사람도 늘어나고. 그치?"

단연 패기가 생겼다. 눈앞에 과제가 떨어지면 욕심이 난다. 낫짱 특유의 도전하는 마음이 머리를 꼿꼿이 쳐들었다.

항마님 집

외할머니가 사는 노다한신으로 가는 시영 버스는 반바쵸역에서 출발한다. 역 건너편에는 오사카성이 꽤 멀찍이 보인다. 성을 바로 보고 오른쪽에는 제이알(JR) 모리노미야역이 있고 그 철길을 가운데 두고 왼쪽에는 골짜기같이 엄청 큰 구멍이 열린 데가 있다. 둘레를 함석으로 막아 놓아 얼핏 보면 무엇이 있는지 알아보기 어려운데, 그게 어마어마하게 무서운 구멍이라고 한다. 태평양전쟁 때 큰 폭탄이 떨어져 생긴 낭떠러지다.

전쟁이 막판에 치달아도 항복하지 않던 일본에 미군은 히로시마와 나가사키에 핵폭탄을 떨어뜨리고 도쿄를 비롯해 대도시들을 대대적으로 공습했다. 오사카도 공습을 피할 수 없었다. 탄약과 화학병기를 개발하던 오사카 포병 공창은 화포나 대포로 공습 당해 화학분석장만 남고 몽땅 없어졌고, 오사카성도 일부 무너졌다. 제이알(JR) 교바시역에 피난 갔던 사람들도 많이 희생됐다.

5개월에 걸친 공습으로 오사카는 엄청나게 폐허가 됐다.

낫짱 가족들도 아빠만 오사카에 남고 엄마와 어린 언니는 나라 현에 소개했다.[*]

당시 아빠가 살던 히가시나리는 공습에서 제외돼 무사했지만 여기 오사카만 해도 사람들이 15,000명쯤 희생됐다 한다.

낫짱은 버스를 기다리면서 함석으로 가려진 골짝 같은 낭떠러지를 떠올렸다. 소학교 때는 상상만 해도 겁이 나 이 곳이 싫었다. 중학생이 되면서 아빠가 일러 준 미군의 오사카대공습 이야기가 생각나면 눈앞에 비참하고 무서운 광경들이 펼쳐진다. 속으로 외친다. '전쟁은 절대 안 돼!'

"언니, 버스가 왔어!"

둘째 동생 시즈짱이 말했다. 왼쪽에서 달려오는 버스를 보고 알린 것이다. 눈이 허공을 헤매는 언니가 걱정되나 보다. 시즈짱이 기다리고 기다렸던 여행이다. 버스 타는 걸 놓치면 큰일이다.

"오, 맞네. 시즈짱이 잘 알았네! 밋짱 버스 왔다."

동생 둘은 여행도 기쁘지만 버스 타는 게 하늘을 날듯 좋았다. 얼굴에는 벌써 환한 웃음이 피었다.

종착역 노다한신에서 내려 직업안정소[*]가 있는 할머니 집까지

---

[*] 소개하다: 적의 공습을 피해 부녀자나 노인들을 시골에 피난 가게 한 조치를 '소개'라 한다. 당시 오사카에 살던 동포들은 이웃 현인 나라현으로 많이 소개갔다고 한다.

어린애 걸음으로 삼사십 분은 걸린다. 근데 마침 중간에 타코야키를 파는 작은 가게가 있다. 하나에 1엔인데 가게 아줌마가 심성이 좋아서 여럿이 함께 가면 한두 개 더 준다. 그래서 낫짱은 꼭 타코야키를 사서 먹으면서 걸어갔다. 그러면 할머니 집까지 걷는 것도 큰 부담이 안 되니 좋다. 할머니 집에 갈 때는 버스값에다 타코야키 사 먹을 돈도 보태 준다. 이런 데에 마음 써 주는 엄마가 좋다.

할머니는 집에 없었다. 낫짱은 동생들하고 속옷과 수영복이 든 보자기를 미세방 구석에 두고 공원으로 갔다. 대리석 같은 곱돌이 산같이 놓여 있어 놀이터로 맞춤이다. 조선 아이들도 더러 있어 마음이 든든해져 좋아하는 곳이다. 날이 저물 때까지 신나게 놀았다.

할머니는 손녀들을 보자 째진 눈을 더욱 가느스름하게 뜨고 입을 쑥 내밀고 허허 웃다가, '이놈 새끼들, 쌀 가져완?(가져 왔냐?)' 한다.

손녀들이 놀러 오면 첫인사로 하는 할머니 정형구*다. 낫짱 얼굴이 흐려졌다. 늘 웃으면서 말하니까 농담이라고 알긴 안다. 하지만 올 때마다 맨손이니 미안한 감도 없지 않다. 여럿이 와서 며칠이나 묵으니 아이 머리로 계산해도 큰 부담일 것이 뻔했다. 그래서

---

* 직업안정소: 직업소개소. 취직하려는 사람들에게는 적당한 일자리를 소개하고, 일할 사람이 필요한 고용주에게는 사람을 소개하는 일을 하는 곳.
* 정형구: 말버릇.

낫짱은 할머니 농담은 진짜 농담이 아닐 거라는 생각이 든다.

"항마님, 제가요, 제가 일하게 되면 가져올게요."

낫짱은 진심으로 말했다. 몇 년 뒤가 될지 모르지만 그 생각만은 확실하다.

"아이구, 그때꺼장 이 할망이 살아사 허는디.(어이구, 그때까지 이 할망이 살아 있어야 하네!)"

하고 할머니는 쑥 내밀던 입을 열어 고운 얼굴로 웃었다.

부엌에서 칼질하는 똑똑 소리, 냄비 속에서 자글자글 된장 끓이는 소리, 그릇들을 포개는 소리들이 꿈결에 듣는 소리같이 귀에 들어왔다. 이내 구수한 국 냄새가 코를 자극했다. 낫짱은 땀이 밴 내의 앞자락을 흔들어 앞가슴에다 미미한 아침 바람을 들였다. 더위가 가라앉는 것 같다. 구수한 밥내가 풍겨 온다.

'항마님, 몇 시에 일어나셨나? 벌써 밥이 다 됐구나.'

할머니보다 일찍 일어나 도와드릴 작정이었는데 틀렸다. 낫짱은 멋쩍게 부엌에 내려갔다.

"항마니임, 잘 주무셨어요? 일찍 일어나셨나 보네요?"

"오, 낫짱이냐? 더 자라게.(좀더 자지 그래.)"

할머니는 오른팔에 흰 광목 수건을 감아 놨다. 거기서 오이 냄새가 났다. 낫짱은 오른팔을 눈여겨보다가 한밤중에 일어난 실랑

이를 떠올렸다.

자정 넘어 돌아온 태일 삼촌이 할머니를 깨워 돈을 내놓으라고 난폭하게 굴었다. 깊이 자던 할머니는 무슨 일이냐는 듯 부시시 일어났다가 곤드레만드레 취해 제대로 앉지도 못하는 둘째 아들을 노려보고 조용히 말했다.

"애들 자는데 무슨 찌랄이야!"

"푸우, 돈, 돈을 줘. 어멍,"

"돈? 먹엉사는 것도 딱 바쁜디 무신 돈이라게?(돈? 먹고사는 것도 급급한 신세에, 무슨 돈이야?)"

태일 삼촌은 이불이랑 부엌 세간을 두는 오시이레로 갈지자 걸음으로 다가갔다. 아마도 거기 돈을 감춰 둔 줄 아는 모양이다. 비틀비틀 미닫이 나무문에다 손을 댔다. 할머니가 화닥닥 일어나 아들의 굵은 허벅다리를 날쌔게 꽉 안았다. 삼촌은 비틀거리면서도 허벅지를 잡은 할머니 오른팔을 힘껏 때려 쳤다.

"에구머니야!"

할머니는 외마디 소리를 지르고는 다다미 위에다 엉덩방아를 찧고 말았다. 삼촌은 문을 열어 제끼고 오시이레 아랫단에 둔 냄비며 양은 그릇 뚜껑들을 닥치는 대로 열었다.

"여기 있, 있잖아."

말하기가 바쁘게 지폐를 움켜쥐고 냉큼 일어서 흔들흔들 비틀

걸음으로 집을 뛰쳐나갔다. 할머니가 금고 삼아 냄비 속에 숨겨 놓은 얼마 안 되는 돈을 몽땅 가져가 버렸다.

낫짱은 삼촌의 행패질을 말리지 못한 게 후회되었다. 힘이 센 삼촌을 당해 낼 수 없는 건 뻔하지만 할머니 앞에서 삼촌에게 항의할 수 있었을 것이다. 할머니를 돕지 못한 게 못내 속상했다.

"낫짱, 깨 이서시? 태일을 봐서?(낫짱, 깨 있었냐? 태일을 봤어?)"

"항마님, 삼촌 너무해요. 술 많이 먹었죠?"

여기까지 말하다가 눈물이 나려 했다. 그래서 입을 다물었다.

"그 못된 술이 원쉬다.(원수다.)"

"항마님, 다친 데를 오이로 식혀요?"

"오냐, 부어서 아플 땐 이게 효력이 있다."

할머니는 큰일도 아니라는 듯 가볍게 넘겼다. 하지만 낫짱 가슴은 미어졌다. '밥장사하려면 장 볼 밑천이 있어야 하는데……' 하고 생각하니 아무런 도움이 못 되는 손녀들 같아서 너무 하찮게 여겨졌다. 앞으로 며칠 동안이나 묵는다. 할머니는 손녀에게는 늘 보리가 섞이지 않은 흰쌀밥만 내준다. 역시 밥도둑이라는 생각이 든다. 할머니를 괴롭히는 건 마찬가지다 싶었다 .

낫짱 할머니는 집 앞에 있는 직업안정소에 일을 구하러 오는 사람들에게 밥과 국에다 김치나 짠지를 곁들여 간단히 아침 식사를 파는 작은 식당을 한다. 탁상이나 의자를 갖춘 변변한 가게가 아니고 토방에다 나무 상자를 거꾸로 놓고 거기에서 손님들 아침 밥을 먹이는 것이다. 그러니까 한 번에 세 사람밖에 대접 못 하지만 먹으러 오는 손님들은 비록 보리가 섞인 밥이라도 국도 뜨시다며 만족해한다. 무엇보다 조선 사람들은 김치도 먹을 수 있어 할머니가 하는 이 구멍 식당을 고마워한다. 손님들은 이구동성으로 아침에 할머니 밥을 먹고 일에 나가면 아무리 힘든 일이라도 견뎌 낼 수 있다고 했다. 그래서 할머니 밥맛을 사랑의 '고향 맛'이라고 한다.

손님들 가운데 그날 아후레*가 되면 할머니 토방에 앉아서 차라도 마시며 할머니와 얘기 나누다 돌아가곤 한다. 할머니는 너나 내나 처지가 비슷한 아저씨들 말을 귀담아들으며 세상 물정을 깨달았다.

못 가진 사람들이 모이는 보잘것없는 토방이지만 사랑방 같은 느낌이 들어 흐뭇하다. 이런 할머니를 괴롭히는 태일 삼촌은 도대체 아들이라 볼 수 있을까? 엄마에게 돈을 갖다드리지 못할지언정 오히려 앗아 가다니 말도 안 된다.

"낫짱, 오늘은 할망도 일 나가사헌다게. 아이들 밥 멕영시라이.(낫짱, 오늘은 할망도 일 나가야겠다. 애들 밥 먹이렴.)"

---

* 아후레: 일자리를 얻지 못한 사람.

"네, 그럴게요. 근데 항마님, 시간이 좀 늦었네요. 일이 남아 있을까요?"

"가 봐야 알지. 삼춘덜 밥 먹으레 오걸랑 너네가 대접허라이.(아저씨들이 밥 먹으러 오거든 너희가 대접해.)"

"제가요?"

"뭐, 밥이영 국이영 나중에랑 누넹이물 안네은 뒌다.(뭐, 밥, 국하고 마지막에 숭늉 내면 된다.)"

"네, 할게요. 얼른 세수해야지."

낫짱은 자리를 차고 일어나 뒤뜰로 나갔다. 세수하며 속으로 마음먹었다. 어젯밤에 할머니를 돕지 못한 후회를 도우미 노릇으로 보태자는 것이다. 마음 다잡으니 힘이 솟는다. 아빠 말씀도 떠올랐다. '어떤 일이나 마음가짐에 달렸지. 하자고 굳게 마음만 먹으면 실패해도 배울 게 있다.'

"항마님 앞치마 내줘요."

"엉? 앞치마? 허허, … 경혜라.(그래라.)"

할머니는 늘 그렇다. 과묵하지는 않지만 말이 적다. 무슨 말을 하려다 잘라 버리고 오시이레에서 흰 앞치마를 내왔다. 낫짱은 자기 치마보다 길이가 긴 어른용 앞치마 줄을 허리에 둘러 이중으로 맸다. 기분이 그럴싸하게 잡힌다. 욕심이 만만하게 난다.

"항마님, 다녀오세요."

"손님 데접 잘헤라.(손님 대접 잘해라.)"

셀 수 없이 많던 사람들이 저마다 정해진 일터로 삼삼오오 떠나고 나면 직업안정소는 조용하다. 할머니가 안 오신 걸 보니까 아마 일자리를 얻은 것 같다. 다행이다. 설거지를 해 놓고 동생들에게 밥을 먹인 뒤에 낫짱은 엉뚱한 선언을 했다.

"오늘부터 점심 먹고 나면 가막조개 잡으러 간다. 많이 잡으면 되고 흐지부지 놀며 하다간 알밤을 얻어먹는다. 알겠니?"

동생은 소학교 4학년 시즈짱과 1학년 밋짱이다. 6학년생 깃짱은 남동생 정남이를 봐야 하니까 이번 여름방학은 함께 오지 못했다. 자매 셋이 집을 나설 때 깃짱은 울상이 돼서 불만을 터뜨렸지만 낫짱은 막무가내로 동생을 돌보라고 했다.

"언니, 많이 잡으면 무슨 상을 줘?"

시즈짱이 벌써 상 받을 생각을 한다. 자매들 사이에서 행동거지가 늦은 아이인데도 욕심은 제대로 있는가 보다.

"상은 무슨 상? 항마님이 뽀뽀해 줄 거다. 자, 여름방학 숙제하고 일찍 점심 먹고 열두 시가 되면 간다. 이제부터 먼저 집안 청소를 한다. 알았냐? 시즈짱은 다다미방 쓸고, 밋짱은 걸레로 마루를 닦는다. 알았어?"

"낫짱 언니는요?"

시즈짱이 더듬거리지 않고 말했다. 행동거지가 늦은데도 이럴 땐 선뜻 말이 나온다. 가끔 신기하게 느껴지는 여동생이다. 걔는 늘 명령만 하는 언니가 맡을 일이 궁금한 것이다.

"나아? 부엌도 쓸어야 하고 설거지한 그릇을 닦아서 오시이레에 두어야 하잖아. 언닌 일이 많다. 시즈짱, 같이 언니 일도 할래?"

"아뇨, 됐어."

할머니 집도 가난하긴 마찬가지다. 찬장이 없어 부엌에서 쓰는 도구나 식기류는 몽땅 오시이레에 간수한다. 씻은 그릇을 닦고 오시이레에 두는 건 제법 어렵다. 시즈짱은 4학년이라 키가 모자라서 윗단에 두는 게 힘들다. 시즈짱은 혀를 날름 내밀고는 빗자루 가지러 덧문 밖 툇마루로 갔다. 1학년인 밋짱도 걸레를 짜서 툇마루와 현관문이나 창살들을 닦으려 한다.

"밋짱! 너어, 좀 더 물을 짜라. 물이 뚝뚝 떨어진다!"

낫짱이 불호령을 내렸다. 밋짱은 수돗가에 가서 낫짱 눈치를 보며 있는 힘껏 걸레를 짰다.

할머니 집은 가구라고 할 만한 게 아무것도 없다. 그런데 시계는 있다. 일자리를 구하려고 안정소에서 줄을 서거나 손님들에게 팔 아침밥을 만들려면 아무래도 시간을 알아야 해서 다른 것은 못 사도 시계 하나는 장만했다. 할머니가 소중히 하는 시계다. 보니 긴 바늘이 한 시 오 분 전을 가리키고 있다.

"시즈짱, 강까지 소쿠리는 네가 갖고 가. 언닌 바케쓰*를 가저가니까."

"밋짱은 뭘 갖고 가?"

"걔는 어리니까 그냥 데려가."

"이제 1학년이니 뭐 하나 맡기는 게 좋아. 안 그러면 바보 돼."

"어이구, 넌 진짜 말이 많다. 밋짱 넌 수건 갖고 가. 자, 출발!"

시즈짱도 낫짱이 늘 자기한테 건네는 말을 앵무새처럼 한다. 이러면서 뭘 배울 수 있으면 좋겠는데 시즈짱은 아무거나 자기만 혼자 고생하는 게 마뜩찮아서 그렇다.

낫짱네는 자매가 많아 성격도 가지가지다. 둘째 동생인 시즈짱은 주관이 뚜렷하고 까다롭다. 그래서 좋고 싫음을 말로 분명히 나타낸다. 먹을거리도 가려 먹고 엄마가 아무리 뭐라 해도 싫어하는 음식은 절대 안 먹는다. 성격은 좀 발칙한데 인물이 진짜 잘났다. 아주 예쁘다. 동네 어르신들이 한목소리로 칭찬한다. 그렇다고 깃짱처럼 잘난 체 않고 새침하지도 않아 호감이 가긴 한다. 유독 행동거지가 늦은 게 큰 약점이다.

시즈짱보다 세 살 아래인 밋짱은 행동거지뿐만 아니라 말도 느릿하다. 일을 하나 하는데도 다 하기까지 시간이 엄청 걸린다. 그

* 바케쓰: 양동이.

래서 겉보기에 좀 모자란데 머리는 되게 좋다. 학교 들어가기 전부터 혼자 글을 배우고 나름대로 쓰기도 했다. 글씨도 누가 가르쳐 준 건 아닌데 잘 쓴다. 하지만 눈이 허공을 헤맬 때가 많고 늘 멍청히 움직이니 바보처럼 생겨 어른들 사랑을 덜 받는다. 그래서 낫짱은 그런 동생이 안쓰러워 돌봐 주는 게 버릇이 되어 버렸다.

조개 장사

가막조개를 잡으러 가는 강은 요도가와다. 시가현 한복판에 있는 비와코*에서 시작해 교토를 거쳐 오사카로 유유히 흐른다. 길이 75킬로미터의 1급 하천이며, 옛날에는 수운으로도 쓰이던 강이어서 그런지 강폭이 꽤 넓다. 여름이면 강바닥에 가막조개가 많이 나고 기슭에는 민물게가 많다. 낫짱은 할머니 집에 올 때마다 여기서 물놀이도 하고 게를 잡아 장으로 볶아 먹거나 가막조개를 잡아 국 끓여 먹는다.

이날 요도가와로 갈 목적은 저녁밥 반찬거리를 장만하는 단순한 강 놀이가 아니다. 그래서 단단히 마음먹고 동생들에게 들고 갈 도구도 나누어 들고 나섰다.

"언니, 철교 목도 놀이 해?"

---

* 비와코: 일본에서 가장 큰 호수.

시즈짱은 밋짱에게도 그걸 시켜 봐야 한다는 속셈이다.

'철교 목도 놀이'란 낫짱이 만들고 이름 붙인 놀이다. 오사카 노다 쪽에서 강 건너편 효고현 츠카모토를 오가는 한신 전차가 요도가와에 놓은 철교를 이용한 놀이다. 한신 전차는 역마다 멈추는 보통열차에다 쾌속이며 급행이 있다. 오사카역이 가까운 노다는 효고현까지 가는 선이 깔려 있어 궤도가 많다. 그래서 요도가와에 놓은 철교 규모가 어마어마하다. 철교 가장자리에 철교를 검사하는 기술자나 탈이 난 데를 공사하는 인부들이 다니는 좁은 나무 길이 있다. 보통 사람들은 다닐 수 없는데 이 좁은 길을 걸어 건너편까지 갔다가 도로 돌아오는 놀이다.

개구지고 말괄량이었던 낫짱은 소학교 때 요도가와에 놀러 올 때마다 철교 목도 놀이를 했다. 전차가 지나가지 않아도 발 아래에 유유히 흐르는 요도가와를 내려보기만 해도 무서워서 오줌을 지린다. 게다가 전차가 지나가기만 하면 철교 전체가 흔들려 난간을 잡은 손을 통해 온몸은 전기가 흐르듯 무시무시하게 흔들린다. 그게 급행이 지나갈 때면 기절초풍할 만치 겁이 난다. 처음 이 놀이를 한 동생들은 막 울었다. 철교 놀이를 같이 하지 않으면 언니가 요도가와로 데려가 주지 않으니 마음먹고 따른다. 그러다 몇 번 해 보면서 조금씩 참는 맛을 알게 된 것이다.

"아냐, 안 돼. 밋짱은 못 해."

"칫, 언닌 늘 밋짱만 생각해."

시즈짱이 찌푸린 인상으로 밋짱더러 "메롱!" 하며 혀를 날름 내밀었다.

땀을 훔치며 한 사십 분쯤 부지런히 걸으니 강가에 다다랐다.

"야호! 요도가와다!"

시즈짱이 고함을 지르며 뛰어갔다. 아까까지 말이 없던 밋짱도 따라 뛴다. 밋짱 어깨에 걸어 놨던 수건이 떨어졌다. 낫짱은 빙그레 웃으며 길바닥에 떨어진 수건을 주워 동생들 뒤를 따랐다.

세 자매는 겉옷을 벗고 수영복 차림으로 물속으로 들어갔다. 수면은 햇볕을 받아 너무 차지 않았지만 그래도 땀이 난 몸에는 시원하다. 강가에서 너무 멀리가지 않도록 동생들에게 주의를 주며 낫짱도 물속으로 들어갔다. 한참 놀다가 낫짱이 동생들에게 명령했다.

"이제부터 가막조개 잡는다. 시즈짱, 소쿠리 갖고 와."

낫짱은 동생이 갖고 온 소쿠리를 강바닥에 박았다. 흙바닥에서 꺼낸 소쿠리를 좌우로 흔드니 흙은 빠져나가고 조개만 남는다.

"와, 조개가 많다!"

밋짱이 소리 질렀다. 먹는 걸 누구보다도 좋아하는 동생이다. 특히 해산물은 더 좋아한다. 낫짱 얼굴이 환해졌다.

"시즈짱도 해 봐."

말이 끝나기도 전에 언니를 따라 강바닥에 소쿠리를 내렸다 올려 좌우로 흔들었다. 엉덩이도 함께 흔들거린다. 너무 귀엽다. 시즈짱 바구니에 조개가 들긴 들었는데 언니 것의 반도 안 된다.

"이번은 언니랑 같이 잡고 해 보자. 하나, 둘, 셋!"

소쿠리를 올려 흔들흔들. 이번엔 많이 잡았다.

"야앗, 많다아!"

또 밋짱이 외쳤다.

"언니, 나도 해 보자."

밋짱이 소쿠리를 채 갔다. 흙바닥에다 소쿠리를 넣었다가 힘껏 올려 흔들흔들. 그 가운데엔 아주 큰 놈도 하나 있다.

"밋짱, 이게 좋다. 양보다 질이다. 너, 잘하네."

낫짱은 꽝포*를 썼다. 아빠가 늘 하는 말처럼 누구든 칭찬받으면 기분이 좋으니까. 이렇게 한 시간쯤 열심히 잡았더니 6리터쯤 되는 양동이 삼분의 이쯤 찼다.

"언니, 이렇게 많이 먹어?"

조개를 즐겨 먹는 밋짱도 엄청 많은 양에 겁이 났나 보다.

"이건 우리가 먹는 게 아니다. 장사할 거다."

"장사?"

---

* 꽝포: 꽝 소리만 요란한 대포라는 뜻으로, '거짓말'을 이르는 말.

할머니네로 돌아갈 준비를 하면서 낫짱은 시즈짱에게 차근차근 설명했다. 할머니가 돈이 필요하다는 것, 직업안정소 앞에서 일 마치고 집으로 돌아가는 아저씨들이나 지나가는 사람들에게 조개 한 사발에 15엔씩 받고 팔 거라는 것, 장사는 함께한다는 것.

지금부터 사십 분을 걸어가야 한다. 올 때는 짐이 가벼웠으니 싫은 소리 않고 걸었지만 양동이에 든 조개를 둘이서 나눠 들고 가자니 무척 무거워 걸음이 자꾸 더뎌졌다.

오후 다섯 시가 넘어서 낫짱은 시즈짱만 데리고 직업안정소 담 벼락 그늘 아래 쪼그리고 앉았다. 조개가 든 양동이와 국수용 사발 두 개, 할머니가 어디선가 얻어 온 낡은 신문지를 갖다 놓고 지나가는 사람마다 말을 걸었다.

"가막조개…… 사 가세요. 한 사발에 15엔입니다. 가막조개, 가막조개."

낫짱은 난생처음으로 하는 일이라 부끄럽고 창피하기도 해서 사양사양 말했지만 마수걸이*해 준 아저씨가 '착하다! 장사 잘해라.' 하고 칭찬해 준 것이 힘이 돼서 제법 말을 붙이게 됐다. 낫짱은 '연말에 아빠 가게 돕는 일 진짜 잘했다!'고 속으로 생각하며 배에다 힘을 주고 큰 소리로 외쳤다.

* 마수걸이: 장사하는 사람이 하루에 맨 처음으로 물건을 파는 일.

"가막조개요오! 싸요오! 한 사발에 15엔입니다!"

15엔은 우동 한 그릇 값이다. 이 돈으로 영양가 있는 조개를 한 사발 살 수 있다 하니 사는 사람 쪽은 이득이다. 일하고 집으로 돌아가는 아저씨들이 낫짱 소리를 듣고는 걸음을 멈추고 조개를 산다. 한 시간도 걸리지 않아 준비한 열다섯 사발을 다 팔았다. 돈을 세어 보니 225엔이다. 중학교 2학년짜리가 한 조개 장사치고는 크게 성공한 셈이다.

밋짱이 조개를 먹고 싶어 했지만 내일 먹자고 하고 첫 장사를 마무리했다. 마음이 뿌듯하다. 저도 할머니를 도울 수 있다는 사실에서 낫짱은 일해서 얻은 노동의 대가가 자부심으로 변하는 것을 몸으로 느꼈다. 아빠 가게를 도왔을 때와 느낌이 달랐다. 스스로 주체가 되어 움직였으니까 말이다. 그것도 가게도 없이 길가에 쪼그리고 앉아 한 장사다.

소학교 다닐 때는 전선줄 공사장에서 땅 위에 떨어진 구리선을 주워다 여러 번 팔았다. 하지만 그 일은 줄 위에서 일하는 아저씨들 눈치를 봐 가며 한 일이고, 그렇게 얻어 낸 돈으로 영화도 보고 사탕이나 엿을 사다 먹기도 했다. 그러다 엄마가 돈으로 좀 어려워할 때 드린 것뿐이다. 그런데 이번에는 아예 할머니를 돕기로 마음먹고 장사로 일해서 돈을 벌었다. 얼마나 벌었는지 금액은 상관없다. 낫짱은 기쁘고 만족했다. 할머니가 기특하다고 칭찬해 줄 거라 생각하니 마음이 부풀었다.

낫짱은 속으로 다짐했다. '여기 있는 동안 조개 장사 계속하자. 이게 아빠가 자주 얘기하는 사회 공부다. 그런데, 태일 삼촌은 왜 항마님을 그렇게 고생시킬까?'

직업안정소 건너편을 달리는 한신 열차가 기적을 길게 울리며 지나가는 소리가 들렸다. 철길은 할머니 집에서 낫짱 걸음으로 오 분쯤 걸린다. 기적 소리며 덜커덩거리는 기차 바퀴 소리가 은은히 들려온다. 효고현 쪽으로 갈 열차는 곧 요도가와 철교를 건넌다는 신호고, 오사카 노다한신 쪽으로 갈 열차는 곧 종착역에 도착함을 알리는 신호라고 낫짱 나름대로 이해했다.

할머니 집에서 열차 기적 소리나 바퀴 소리를 들으면 어쩐지 가슴 한 귀퉁이가 쓸쓸해지고 집 생각이 난다. 소학교 1, 2학년 때는 눈물까지 났다. 중학교 2학년이 돼도 그 원인은 아직 모른다. 이날도 역시 가슴이 서글퍼졌다. 어젯밤에 본 삼촌의 행패며 팔을 오이로 찜질하는 할머니 모습이 떠올라 마음이 하염없이 슬프다. 할머니가 너무 안쓰럽다.

집안이 이리되는 원인은 어디 있을까? 낫짱이 늘 생각하는 부모와 자식 사이 신뢰 관계나 식구들 사이 유대처럼 삶의 밑바닥에 깔려 있는 사람의 도리를 생각하면 도저히 이해가 안 된다. 삼촌도 할머니의 아들인데 어쩌면 이런 일이 생겼을까? 괴로울 할머니 심정을 헤아리니 낫짱 마음이 편치 않았다.

　이틀째에도 할머니는 직업안정소에서 막노동 일을 얻어 나갔고 낫짱 자매들은 계획한 대로 조개 잡으러 요도가와로 나가 돌아와서는 조개 장사를 했다.

　"가막조개 사세요. 가막조개가 싸요. 한 사발에 15엔입니다아."

　어제보다 소리가 잘 났다. 마음에 여유가 생겼는지 부끄러움을 타지 않는 자신이 스스로 대견했다.

　"아저씨, 가막조개 사 가세요."

　"얼만데?"

　"국수 사발 하나에 15엔이에요."

　"비싼지 싼지 모르겠네."

　"아저씨도, 참. 비싸다 쳐도 술 드신 뒤엔 몸에 좋대요."

　"어허, 이 계집애가 웃기네. 어른 같은 말을 하는구나."

　"엄마가요, 아빠더러 하는 소리예요."

　"엄마 흉내 냈구나. 그럼 사야지."

　"고맙습니다. 많이 드릴게요."

　낫짱은 사발 위에다 조개 몇 개를 더 보태 주면서 속으로 소리를 질렀다. 말주변이 제법 장사꾼답게 나오니 신기하다. 스스로에게 물어본다. 츠루하시 아빠 옷 가게에서 일을 도와서 그럴까? 아니 그것도 있겠지만 아마 할머니를 위해 돈을 벌자는 절실한 마음도 보태져서 그렇다고 생각했다.

이날은 조개를 한 사발쯤 남겼다. 밋짱이 기뻐할 거다. 일하다 기진맥진해 돌아올 할머니도 많이 드시도록 해야겠다고 생각하니 뿌듯했다.

깡패 삼촌과 나리꽃 이모

할머니를 기다리는데 뜻밖에도 태일 삼촌이 나타났다.

"낫짱, 지금부터 한신역 구경하러 간다. 준비햇."

삼촌은 토방에 들어오기가 바쁘게 큰 소리로 말했다.

"삼촌, 시즈짱이랑 밋짱도요?"

저녁에 한 번쯤 역 앞 상가를 구경하고 싶은 욕심이 있었던 터라 내심 신이 났다. 안방에서 놀던 동생들이 미세방으로 뛰어왔다.

"삼촌, 우리도 가는 거죠?"

"아냐, 낫짱만이다."

태일 삼촌은 쪼꼬만이*들은 저녁에 상가 같은 데를 들락거리면 안 된다고 딱 잘랐다.

"삼촌, 항마님이 아직 안 오셨어요."

---

* 쪼꼬만이: 꼬맹이.

"또 일 나갔나? 조금 있으면 올 거다. 자, 가자."

삼촌 몸은 벌써 현관을 나서서 역 쪽으로 걷고 있다. 성질이 급한 삼촌이다. 무슨 까닭인지 모르지만 따라갈 수밖에 없다. 종종걸음으로 뒤를 따라가면서 낮짱 마음은 어수선했다. '어디로 갈 건가? 삼촌은 돈을 갖고 있는지?' 궁금한 게 한둘이 아니었다.

이날 저녁 낮짱은 뜻밖의 경험을 하고 깡패란 어떤 사람을 두고 하는 말인지 조금은 알게 됐다. 식당에서는 집에서 못 먹는 비싼 밥을 먹고, 영화를 보고, 어른들이 가는 스낵바에 가서 비싼 주스를 마셨다. 그런데 삼촌은 어디서든 돈 한 푼 내지 않았다. '깡패'는 그 존재 자체가 '무료 입장권'이었다.

어디를 가도 장사꾼들이 삼촌에게 굽실거렸고 스낵바에서는 여급*들이 삼촌에게 바짝 달라붙어 애교를 부렸다. 한 여급은 야쿠자 가운데서도 삼촌이 꽤 인기가 높다고 말하며 자기도 타이치('태일'의 일본 이름) 씨를 아주 좋아한다고 했다.

사실 삼촌은 미남이고 키도 크고 몸매도 사내답고 힘도 세서 여자들이 좋아할 만하다. 하지만 어디로 보나 모든 게 깡패다. 누구든 대번에 안다. 눈이 정의에 날카로운 빛이 아니라 협박을 일삼는 악당의 꾀가 엿보이는 그런 날카로움이다. 인물이 아무리 잘나

---

* 여급: 카페나 다방, 음식점 따위에서 손님의 시중을 드는 여자.

도 마음이 쓸모가 없으면 썩어 빠진 거나 마찬가지 아닌가? 낫짱은 삼촌과 함께 들어간 가게나 극장에서 일하는 사람들 보기가 부끄러웠다. 그래서 처음 맛보는 비싼 밥이나 주스 맛도 제대로 느끼지 못했고 영화 내용도 기억에 안 남았다.

난생처음으로 경험한 것들이 삼촌이 멋있는 게 아니라 가엾다는 생각을 들게 했고 그래서 민망하기 짝이 없는 이 저녁을 원망했다.

'삼촌은 뭐 때문에 날 데리고 다녔을까?' 풀리지 않는 의문을 안고 이 일을 제 머릿속에서만 봉인해 놓자고 생각했다.

다섯 번에 걸쳐 한 가막조개 장사로 번 돈은 다해서 천 엔을 넘었다. 내일 집으로 돌아가기 전에 할머니께 드릴 작정이다. 마음이 뿌듯하다.

"나 낫짱, 이 이모 왔다."

저녁 밥상을 차리려는데 현관에서 늘 늦게 오는 막내 이모가 들어오자마자 말을 걸었다. 이모 셋 가운데 막내고, 이름이 우리말로 나리꽃을 뜻하는 유리코다.

"유리코 이모, 일찍 들어왔네요?"

이모는 낫짱 자매들이 머무는 동안 늘 저녁 늦게 들어오고 일요일마저 나갔으니 얼굴 한 번 보기 힘들었다. 얼굴도 못 보니까 서운했는데 오늘은 뜻밖에도 일찍 돌아온 것이다.

"나, 낫짱, 다 함께 나, 나간다."

유리코 이모는 말을 더듬는다. 어째서인지 원인은 모르는데 유리코 이모는 말마다 첫 소리가 제대로 안 나 더듬고 다시 되풀이했다. 그래서 말을 많이 하지 않고 필요한 말만 한다.

"이모님, 어디로요? 저녁도 먹어야 하는데요. 항마님도 아직 안오셨고요."

"하, 항마님은 아, 안다. 우, 우린 거기서 머, 먹는다. 주, 준비해."

이날은 할머니와 마지막으로 먹는 밥이었다. 내일 후카에 집으로 돌아가면 설까지 넉 달 동안은 못 온다. 아쉬움이 남지만 할 수 없다. 이모를 따라가야지. 자세히 보니 이모는 나들이 옷차림이다. 맵시 있게 차려입었다. '그렇담 오늘은 이 옷을 입고 일 나갔다는 걸까?' 궁금해하면서 동생들과 함께 이모 뒤를 따랐다.

이모 뒷모습을 바라보며 걷고 있자니 이모도 참 예쁘다. 엄마네 네 자매 가운데 유리코 이모만 못생겼다. 눈은 가늘고 길게 째진 데다가 코는 주먹코고 턱이 튀어나와 생선 아가미 같다. 키는 크지도 작지도 않고 중간 키인데 몸에 살이 좀 붙었다. 인사치레로 빈말을 한다 해도 결코 예쁘다고는 못 한다. 게다가 말을 더듬을 때는 입을 중심으로 얼굴 전체가 일그러진다.

하지만 이모 가운데서 마음씨가 가장 살갑다. 엄마를 비롯해 유리코 이모의 언니들이 다 시집가서 혼자만 남았으니 조카를 돌봐야 한다고 스스로 생각해서 그런지, 메리야스 공장에서 일하니 돈이 좀 있어 그런지, 하여튼 최고로 고마운 존재다.

한번은 유리코 이모가 저녁밥으로 카레라이스를 만드는데 마침 낫짱네가 놀러 갔다. 이모는 부랴부랴 물을 더 부어 조카들 몫까지 만들어 줬다. 어떻게 간을 맞췄는지 낫짱들은 싱겁다고 못 느꼈고 국같이 멀건 카레였지만 맛있고 배불리 먹었다. 중학생이 되어 그때를 떠올리니 조카가 좋아하며 먹는 모습을 빙그레 바라보던 이모는 제대로 못 먹었을 것이다.

또 한번은 이런 일도 있었다. 이모가 선을 보고 연애하는 아저씨가 있었는데 낫짱 자매들이 할머니 집에 갔을 때가 마침 일요일이었다. 이모는 그 아저씨랑 한신파쿠(입장료를 내고 들어가는 대규모 놀이 공원)로 놀러 갈 약속이 있었다. 이모는 귀여운 조카들을 집에 두고 혼자만 놀러 가지 못하는 성격이라 낫짱 자매들을 데리고 갔다. 노다한신 역에서 이모 애인을 소개받았는데 소태 씹은 얼굴로 낫짱 자매들을 바라보던 얼굴을 못 잊는다.

이모는 우리가 오면 아무리 바빠도 일요일마다 꼭 역 앞 상가에 데리고 가서 옷이나 과자 같은 걸 사 주었다. 직업안정소 안에 임시 매점에서 파는 구운 다이후쿠*도 자주 사 주고 목욕탕에도 데리고 가 준다.

쓰라린 일도 있었다. 할머니 집에서 돌아오는 날이 일요일이어서 이모가 늘 하던 대로 우리를 상가에 데리고 갔다. 낫짱은 그때 운이 나쁘게도 여름 감기가 들어 열이 났다. 하지만 모처럼의 기회를 놓칠세라 동생들과 함께 이모가 사 준 아이스크림을 먹었다. 어찌나 추웠는지 부들부들 떨며 맛도 모르게 먹고는 어린 마음에도 크게 후회했다. 두고두고 못 잊는 일이다. 그야 그렇지 엄마가 아이스크림을 사다 줄 일은 거의 없으니까 아무리 열이 높아도 먹고야 말겠다는 마음으로 그랬다.

유리코 이모는 또 가수 뺨치게 노래를 잘 부른다. 노래는 엄마도 동네에서 칭찬이 자자하도록 잘 부르지만 낫짱 생각에 이모가 훨씬 잘한다. 상가를 거닐다가 라디오에서 흘러나오는 여자 가수들 노래를 듣고 있으면 낫짱 귀에는 '유리코 이모가 짱이다.' '가수가 되면 할머니도 잘살 수 있을 텐데…….' 하고 가끔 생각한다. 그런 생각이 들 때면 '조선 사람이니까 못 하겠지.' 하고 곧 낙담하고 만다. 이런 때에도 민족 차별을 떠올리는 게 괴롭다.

이모는 요도가와 방면으로 걷다가 대리석 같은 돌을 쌓아 놓은 광장을 가로질러 한 십오 분쯤 가다가 꽤 넓은 단층집으로 들어갔다. 집에 다가가니 활짝 열린 문에서 왁자지껄한 소리가 터져 나오

* 다이후쿠: 달게 볶은 팥을 찹쌀 옷으로 싼 떡.

고 있었다. 이모는 성큼 들어갔다.

"아, 안녕하십니까?"

"옷, 나리 동무 왔네! 자 얼른 들어와."

안쪽 자리에 앉은 점잖은 남자가 손으로 자리를 가리키며 크게 말했다. 이모는 시키는 대로 들어갔고 낫짱들도 따랐다. 넓은 방에는 한 서른 명쯤 되는 남녀들이 다다미에 깐 신문지 위에 둘러앉아 있었다. 신문지 위에는 김치를 비롯해 밑반찬이나 생선회, 나물, 지짐이가 푸짐하게 놓여 있었다. 가운데에는 하얀 주먹밥이 나란히 놓였다. 낫짱은 군침이 돌았다.

"여러분, 소개하겠습니다. 나리 동무가 데리고 온 아이들은 언니의 딸들입니다. 후카에서 살아서 일본 학교 댕기니까 우리말은 모르고요, 오늘은 다 일본말로 얘기해도 됩니다."

"나리 동무 고마워요! 우리도 우리말에서 좀 해방되자구요."

개구지고 야무지게 생긴 멋있는 남자가 머리를 만지며 헤헤 웃었다. 다들 좋다고 박수를 친다. 이 자리에서는 우리말을 익히려고 일본말을 못 하는 모양이다.

초면인데도 서먹하지 않았다. 낫짱은 오빠 언니들과 대번에 말이 통해서 그이들이 하는 질문에 기껍게 응할 수 있었다. 히가시나리 조청에서 익힌 분위기와 비슷했고 여기 젊은이들 기세는 히가시나리를 능가했다.

"자, 그럼 잔에다 다시 술을 채워. 다 모였으니까 축배잔을 올립니다. 좋아? 8·15 해방 15주년을 열렬히 축하합니다!"

"축하합니다!"

모두 잔을 부딪혔다. 잔을 부딪힐 때마다 '만세' 소리가 요란하게 났다.

낫짱 자매들은 사양 않고 먹었다. 하얀 주먹밥 맛이 최고였다. 오징어회도 맛있었고 콩나물이며 시금치무침도 맛이 좋았다. 제주가 고향인 엄마 손맛과는 좀 다른 진한 맛이다. 말린 낙지를 구워 고추장과 참기름으로 양념한 게 마음에 들어 낫짱은 많이 먹었다.

한참 먹고 배가 부르자 앞자리에 앉은 점잖은 남자가 '나리 동무, 노래해요.' 하니 몇몇 남자들이 휘파람을 불었다. 사람들은 실내가 터져 나갈 듯 손뼉을 쳤다.

이모가 일어섰다. 하얀색 바탕에 보라, 분홍, 하늘색 나팔꽃과 초록색 잎들을 큼직하게 그린 반소매 원피스를 입은 이모는 여름 아침마냥 깔끔하고 멋있었다. 일어선 이모는 두 손을 배 앞에 모아 잡고 가볍게 '콜록' 기침을 했다. 수줍어하는 기색은 티끌만치도 없고 아주 당당하다. 자주 이렇게 했다는 거겠지.

노들강변 봄버들

휘휘 늘어진 가지에다가

무정세월 한 허리를

칭칭 동여매어 볼까

에헤요 봄버들도 못 믿을 이로다

푸르른 저기 저 물만

흘러 흘러서 가노라.

한 남자가 일어서서 어깨춤을 추며 옆에 앉은 여자 손을 잡고
일어서게 하고는 서로 마주 보며 춤췄다. 그러더니 둘 셋…… 낫짱
자매들만 남겨 놓고 다들 그 자리에 일어서 이모 노래에 맞춰 춤
판을 벌였다. 아주 볼만했다.

낫짱은 그저 황홀히 이모만 바라봤다. 노래할 때 이모는 희한하
게도 말을 더듬지 않았다. 물이 흐르듯 바람이 지나가듯 막힘없이
유창하게 부른다. '멋있다! 진짜 엄마보다 잘 부른다. 이모 너무 멋
있어요!' 낫짱은 속으로 외쳤다.

이모는 민요만 네 곡이나 불렀다. 재창 소리가 끊기지 않고 계
속 나왔다. 어느새 우리 노래를 그렇게 외웠는지 완전 조선 사람이
되어 있었다. 뜻밖에 벌어진 광경이 눈부셔 낫짱은 지그시 눈을 감
았다. 가슴에 뜨거운 것이 밀려왔다. 조선 사람들 속에서 보람차게
살고 있는 이모가 엄마 핏줄인 김해 김씨 가운데서도 최고라고 느
꼈다.

우리 학교

토요일, 나가이 선생님이 오사카부 체육 교사 회의에 가게 되어 소프트볼 특활은 쉰다. 낫짱은 모처럼 여유가 생겨 책을 실컷 읽기로 했다.

"엄마, 다녀왔습니다."

패기가 넘치는 소리로 돌아왔다고 인사했다.

"어이구, 우리 나츠에가 일찍 왔구나!"

"왜요?"

엄마가 '낫짱' 말고 '나츠에'라 부를 때는 백발백중 특별한 일을 시킬 때다. 속으로 '아차!' 했다.

"나츠에, 고모가 오셨다."

"고모 신발이 없는데요."

낫짱은 현관 토방을 다시 보고 말했다.

"아까 사다오를 데리고 나가셨다. 과자 사러 가신 게지."

고모는 한국전쟁이 일어나기 전까지는 서울에서 부유하게 살았다. 낮짱 아빠 소개로 만난 고모부가 일본에서 공업 기술을 배운 사람이어서 서울에서 압정 만드는 회사를 세워 성공한 것이다. 회사 운영은 순조롭고, 아들딸을 둘씩 가져 남들이 부러워할 가정을 꾸렸다.

한국전쟁이 터져 고모부가 행방불명이 되고, 시동생이 회사 운영을 맡았는데 도박에 혼이 빠진 나머지 깡패에게 속아 끝내는 회사를 뺏기고 빈털터리가 됐다. 전쟁이 끝나고 나서 고모는 아들딸을 제주도 할머니에게 맡기고 일을 찾아 오사카로 넘어왔다. 남동생인 낮짱 아빠를 의지하여 낮짱 집에서 더부살이를 했다. 고모는 일상과 행복을 앗아 간 전쟁이 미웠고, 일본에서 안온하게 살아가는 낮짱 엄마가 얄미워 올케인 엄마를 업신여기는 말을 하며 불우한 제 처지를 위로했다.

고모에 비해 낮짱 엄마는 여러모로 모자람이 많다. 세 살 때 제주도에서 건너온 엄마는 가난해서 학교를 다니지 못했고, 스스로 돈을 벌 때도 돈 버는 재주가 없고 움직임도 남들보다 느렸다. 하지만 요리나 바느질처럼 여자들이 맡아야 할 궂은일들은 그게 뭐든지 야무지게 해치우고 솜씨도 뛰어났다. 무엇보다 마음씨가 곰살궂었다. 사람을 좋아하고 누구에게나 친절했다. 노래를 멋지게 잘 불렀고 인물도 잘났다. 아빠와 엄마는 아버지끼리 서로 절친한 친구여서 결혼을 결정했지만 당시로는 드물게 아빠가 엄마를 지극히 사랑해 맺어졌다고 한다.

엄마는 전쟁이 끝나고 힘들고 가난한 삶을 이어 가는 재치나 재능은 모자랐지만 아들딸을 사랑하며 키우는 마음은 남들에게 지지 않았고, 아빠도 이런 엄마를 사랑했다. 그러니 고모는 심술이 나는 것이다. 낫짱 집에서 더부살이하는 내내 고모는 엄마를 딸밖에 못 낳는 여자라고 나무라고 깔봤다. 그런 모욕을 참을 수 없던 언니가 고모를 비판하는 바람에 고모는 집을 나가 친구가 사는 모리마치에서 사글세 방을 얻어 살았다. 언니나 엄마가 사과를 해도 고모는 막무가내로 무시했다. 그러다가 엄마가 아들을 낳은 뒤에 다시 우리 집을 드나들게 됐다. 오늘은 또 무슨 일이 생겼는지 찾아왔다가 조카 녀석을 데리고 나간 것이다.

모처럼 특활 없는 날인데 공교롭게도 고모가 왔다. 낫짱은 저도 모르게 짜증이 났다. 하지만 다음 순간 할머니 말이 귀에서 울린다. 가막조개를 팔아 번 돈을 드렸을 때 한 말씀이다.

"이놈 새끼가, 엽렵허다*. 엽렵허."

과분하다고 생각했지만 기뻤다. 칭찬받아서가 아니라 어른들 어려운 처지를 나름대로 생각해서 한 일에 평가를 받아서 흡족했

---

* 엽렵하다: 의젓하다.

던 것이다. 계집애가 주제넘게 나선다고 욕먹을까 은근히 걱정했으니 말이다. 낫짱은 항마님네서 한 경험으로 어른들 처지를 생각해 도우면 모든 일이 잘 풀린다고 깨달았다. 어른들 처지가 어떤 건지도 모르는데 그렇다.

"엄마, 저한테 맡겨요. 사다오는 내가 잘 보니까요. 엄만 걱정 말고 얘기 잘 나누세요."

"어이구, 중2가 되니 어른 티가 제법 난다."

엄마 얼굴이 환해졌다. 낫짱 마음도 환해진다.

단풍잎처럼 귀엽고 보드라운 동생 손을 잡으니 낫짱 마음도 보드라워진다. 보동보동한 감촉이 손에서 가슴까지 전류처럼 흐르는가 보다. 낫짱은 잠시 자그마한 행복에 잠겼다.

'어이구, 쩨쩨하네. 이까짓 거 갖고 행복? 나도 진짜 값싼 사람이구나.'

이제 막 두 살 된 사다오가 누나 손을 뿌리친다. 걸음마를 떼기 시작하니 걷는 재미가 나는 거다. 사다오는 귀여운 엉덩이를 좌우로 흔들며 뛰려고 한다. 어린애들은 걷는 게 아니라 뛴다는 언니 말이 떠올랐다.

'어이구, 귀여워 죽겠다!'

속으로 비명을 질렀다.

"사다오, 잘한다!"

여섯 번째 출산으로 겨우겨우 얻어 낸 경주 김씨네 아들이자 낮짱에게는 처음 보는 남동생이다. 누가 뭐래도 남동생을 보기만 하면 행복스러워 못 배긴다. 그러더니 고모에게까지 생각이 미친다.

'그래, 고모는 외롭겠다. 우린 가난해도 식구들이 다 모여 사니까 말야. 고모는 식구가 있다고 해도 바다를 건너야 만날 수 있잖아. 고모부는 행방불명이고.'

낮짱은 행복하다고 느낄수록 고모에게 미안한 마음이 생겼다.

'그래, 하나뿐인 아버지만이라도 다정하게 대해 주셔야지. 아빠가 살가운 남자여서 다행이다.'

공원에서 한 시간쯤 놀다가 집으로 갔더니 뜻밖에도 아빠가 앉아 있었다. 아마도 엄마가 전화를 걸어 부른 것 같다. 언니가 가게를 보고 있으니 가능하다. 뭘 해도 믿음직한 언니다.

"누님, 그러니까 누님은 우리 학교를 권하신단 말씀이죠?"

아빠는 손위 누나에게 늘 높임말을 썼다. 나이 차가 네 살밖에 나지 않는데도 그렇다.

"그래, 조총련이 운영한대. 조직이 빨갱이라는 건 문제가 안 된다. 애들에게 우리말과 글을 가르치고 역사나 지리를 가르치는 게 중요하지. 일본 학교에서 일본 교육만 시키다간 일본 사람이 되고 만다."

"제가 조선학교에서 뭘 가르치는지 몰라서요. 아무래도 학교 구

경을 가 봐야겠습니다.”

“그래라. 가서 교사랑 얘기도 나눠 봐라.”

조선학교라는 말에 낫짱 귀가 솔깃했다. 조청 지부 사무소에서 오빠들이 얘기하던 우리 학교다. 제주도에서 온 고모가 조선학교를 안다는 게 놀라웠다.

‘고모가 사는 모리마치란 지역엔 우리 학교에 다니는 애가 있는 걸까?’

낫짱은 어른들 곁에 가서 물어보고 싶었지만 주제넘는 일인 것 같아 호기심을 꾹 눌렀다. 저녁을 드시라고 권하는 엄마 말에 고모는 가야 한다며 그냥 가 버렸다. 아빠는 부랴부랴 츠루하시 국제시장으로 돌아갔다.

“가네모토, 성적이 올라갔네.”

종례를 마치고 집으로 가려고 서두르는데 나가세 선생님이 말을 걸었다.

“네? 그래요?”

“등수가 9등으로 올랐어. 너, 1학기 기말고사 땐 11등이었지?”

“진짜요? 와아, 기뻐요. 선생님.”

1학기 중간고사 때는 1학년 때보다 4등이나 올라갔는데 그게 기말고사 때 떨어져 11등이 된 것이다. 공부에 힘을 뺀 결과가 솔직하게 드러났다. 그나저나 나가세 선생님이 내 등수를 외우는 게 놀랍다. 학생 수가 42명이나 되는데 말이다.

"너, 힘 빼지 말고 다음 기말고사 때는 앞에 세 사람 차 버려."

"근데, 선생님, 제가 앞지르면 떨어지는 애가 있다는 거잖아요. 좀 미안하죠."

"너도 진짜 답답하네. 그게 경쟁이잖아. 네가 떨어질 수도 있지. 그러니까 힘 빼지 말고 열심히 공부해. 알았지?"

"네, 알겠습니다."

"너, 영어가 싫어?"

나가세 선생님은 낫짱 눈을 똑바로 보고 조심조심 이야기를 꺼냈다.

"······선생님, 왜요?"

"영어는 기본 과목인데 다른 과목에 비해 늘 성적이 낮잖아?"

2학년 학기 초인 4월에 담임 선생님이 낫짱을 경계하는 것 같아 낫짱은 "예." 아니면 "아니오."라는 말밖에 건네지 않았다. 그게 2학기가 되니 선생님이 먼저 낫짱 마음속을 들여다보는 말을 건네기 시작했다. 낫짱은 그게 거북하기도 하고 고맙기도 해서 신기한 기분이었다. 그게 오늘은 담임 선생님이 담당하는 과목이어서 궁금하던 걸 곧바로 묻는 것이다.

"영어는요, 일본어같이 '아'면 '아'로만 발음하는 게 아니죠. 그러니까 알파벳 'A'는 단어에 따라 '아'나 '에'나 '오'처럼 여러 소리로 발음하잖아요. 제멋대로지요? 그래서 정이 안 가요."

가만히 듣던 선생님이 허허 웃다가 어이없다는 듯이 입을 열었다.

"어이구, 좋아하지 않는 구실도 가지가지네. 그러니까 단어를 그냥 외워야지. 외워서 익히면 되잖아."

"선생님, 저는 그런 변덕이 있는 게 싫단 말입니다. 정이 안 가요."

"과학은 다 그렇게 변덕이 있고 법칙이나 규칙이 정한 대로 안 가는 거야. 그래서 자연은 재밌는 거고, 역사도 그렇지? 오랜 역사를 연구하는 사람들도 나름 자기들 주견이 있고 연구자에 따라 견해가 달라지잖아. 그래서 의견 나누고 연구하니 재밌는 거지!"

"그럴까요? 그럼, 단어를 좀 더 외워서 익힐게요."

"좀 더 말고 많이 외워. 사람은 공부하면 할수록 머리가 좋다고 기뻐하며 잘 움직일 거니까 말야."

"머리가요?"

"그래, 머리다."

"알다가도 모르는 과학 문제네요. 일단은 알겠습니다."

나가세 선생님과 뜻밖에 주고받은 얘기가 평소에 아빠와 나누는 얘기와 내용이 달라 신선하고 재미있었다. 무슨 좋은 일이 생길 것 같은 징조인 것 같아 가슴이 와삭와삭 웅성거렸다.

'2년 째가 되니까 이제 돌팔이 교사를 졸업하셨나? 그나저나 진

지하게 영어 공부 좀 해 볼까?'

낫짱은 '돌팔이'라고 얕잡아 보던 담임에게 호감이 생긴 게 마음에 들어 그 여운에 잠기려고 복도를 사뿐사뿐 걸었다.

"낫짱."

등 뒤에서 들려온 소리에 엉겁결에 돌아봤다. 미우라가 교실 앞문에 몸을 반만 내밀고 서 있다. 보니 얼굴에 그늘이 졌다. 낫짱은 불길한 예감이 들었다.

"왜?"

"나 좀 보자. 낫짱한테 얘기할 게 있어. 들어 줄래?"

예감이 맞았다. 속으로 '아차!' 싶었지만 태연한 듯 대답했다.

"당연하지. 무슨 얘긴데?"

"걸으면서 하자. 후카에 서쪽 정거장까지 같이 걸어가자."

"근데 너, 성악부 특활은?"

"오늘은 노래할 기분이 아니야."

"이시카베 선생님한테 허락받았어?"

낫짱이 1학년 때 담임을 맡은 이시카베 선생님이 성악부를 지도한다. 미우라는 가수가 되고 싶어서 성악부에 들어가긴 했는데 지도교사와 안 맞아 연습을 땡땡이칠 때가 있다. 그러면서도 미안한 마음을 아예 갖지 않는 건방진 데가 있다. 그런 태도가 낫짱은 이해 안 되지만 별로 그걸 갖고 따지거나 하지는 않았다. 예절도 알고, 생각도 깊은 애니까 나름대로 생각하는 게 있을 거라 싶었다. 낫짱은 미우라와 함께 학교를 등 뒤에 두고 서쪽으로 묵묵히 걸었다. 얼마 가다가 미우라가 겨우 입을 뗐다.

"낫짱, 엄마 아빠가 갈라설지도 모르겠다."

낫짱은 미우라가 하는 소리가 뭘 뜻하는지 얼른 짐작하지 못했다.

"무슨 말이야?"

"그러니까…… 이혼 말이야."

"이혼? 진짜? 이혼?"

"그래. 엊저녁에 우연히 들었어. 아빠가 엄마한테 분명 이혼하자고 그랬어. 나 어떡하면 좋아? 부모가 갈라서면 아이는 어떻게 살아?"

미우라가 울먹이기 시작했다. 낫짱은 생각도 못한 이야기여서 말을 얼른 잇지 못했다.

"나는 당연히 엄마하고 살게 된다 싶어. 싫지만 함께 살아가는 건 아빠보단 엄마가 낫지. 편하잖아? 엄마도 싫지만……. 낫짱, 넌 좋겠다. 엄마 아빠 사이가 문제없어서……. 자매도 많고 외로울 게 없잖아? 늘 부럽거든. 나에게도 언니랑 동생이 있다면 이렇게 외롭지 않을 텐데……."

"근데 너 그게 틀림없는 거야? 착각이나 오해일 수도 있잖아."

상상을 초월한 현실 앞에서 낫짱이 그나마 생각해 낸 말이었다.

"틀림없어. 내 앞에서 싸울 때마다 그 말을 주고받았으니까……
그게 본격으로 시작했단 말이야."

미우라는 더듬거리면서도 죄다 말하고 싶다는 자세로 말을 이
었다. 삼십 분을 그렇게 얘기하면서 후카에 소학교 정문을 지났다.
이제 헤어져야 할 모퉁이 사거리다.

"낫짱, 들어 줘서 고마워."

"아냐, 듣기만 해서 미안해."

"아니, 들어 주는 게 나에겐 도움이 돼. 혼자 가슴에 두지 못하
잖아? 그건 너무 괴로워."

"들어 주기만 해도 도움이 돼?"

"그럼."

미우라는 힘을 주어 말했다.

"미우라, 언제든지 얘기해 줘. 듣는 것만으로도 너에게 도움이
된다면."

"그럴게. 고마워, 낫짱. 앞으로 나도 이름으로 불러 줘. 내 이름
은 '얏짱'이야. 안녕."

"알았어, 잘 가. 내일 보자."

뛰다시피 걷는 미우라 뒷모습에 대고 낫짱은 속으로 말했다.

'얏짱 잘 가! 미안해. 네 마음속을 짚어 보지 못했어. 나는 진짜
생각이 짧은 것 같아.'

미우라 뒷모습을 한참 지켜보다가 낫짱은 학교 서문 쪽으로 걸음을 옮겼다. 미우라에게 그렇게 말했지만 마음은 어두웠다. 미우라는 그저 들어 주기만 해도 힘이 된다지만 자기를 믿고 쓰라린 마음속을 내보인 친구에게 크게 보탬이 못 된 게 가슴이 아프고 맥이 빠졌다.

'혹시 울 아빠 엄마가 이혼한다면……? 아냐, 그런 일은 있을 수 없어. 사다오를 낳을 때 이번도 혹시 계집애 같으면 친정에 데려가겠다고 항마님이 말하셨잖아. 그때 아빤 있을 수 없는 일이라고 엄마를 편들었지. 그러니까 우리 집에선 있을 수 없는 일이란 거지. 근데…… 무슨 문제가 생겨서 혹시 갈라선다면? 난 어느 쪽으로 가? 아빠? 엄마? 엄마한테 가야지. 엄만 가냘프니까 도움이 필요해. 근데 어떻게 살아가? 엄만 제대로 수입이 없잖아. 살림은 어떡해?'

낫짱 심술

아침에 도시락을 챙기다가 손이 미끄러지는 바람에 모처럼 만든 도시락 한 개를 부엌 마루에 떨어뜨렸다. 낫짱은 마룻바닥에 닿은 밥은 버리고 남은 건 도시락에 도로 담았다. 밥 양이 적어졌지만 어찌어찌 모양을 갖춰 뚜껑을 덮었다.

'침착해야 해.'

낫짱은 스스로 불안한 마음을 다스렸다.

새벽녘에 겨우 세 살 먹은 남동생이 고열이 나며 호흡이 가빠지기 시작했다. 아빠는 옷도 제대로 입지 않고 맨발로 동생을 안아오다 내과의원으로 뛰어갔다. 엄마 배 속에 있을 때 엄마가 가슴앓이하며 제대로 못 먹은 게 탈이 나서인지 남동생은 허약 체질로 태어나 자주 고열이 났다.

조선 사람은 건강보험에 들지 못해 보험증이 없다. 그래서 비싼 치료비를 전부 다 내야 한다. 낫짱은 동생 몸 걱정에 돈 걱정까지 했다. 중간고사 때 떨어진 등수를 다시 7등으로 올리려고 이번 가을엔 공부에 힘을 들이자고 마음먹었던 터라 열네 살 작은 마음에 먹구름이 덮쳤다.

이날 아침에도 학교 가기 전에 엄마가 겨우 해낸 마토메를 모리마치까지 날라야 했다. 엄마도 미안한지 말 한마디 건네지 않는다. 엄마 얼굴에 걱정이 가득했다. 낫짱은 엄마를 도와드려야 한다고 생각하면서도 말이 입 밖으로 쉬이 나가지 않았다.

엄마는 마룻바닥에 떨어져 양이 줄어든 도시락을 신문지로 싸서 가방에 넣는 낫짱을 묵묵히 살피기만 했다. 외아들 정남이의 고열이 걱정되지만 지금은 그것보다 모리마치까지 갖다 줘야 할 마토메 생각이 급하다. 반납이 늦어진 것은 머리 숙이고 죄송하다고 사정하면 되지만, 다리미질하는 하청업자들이 애먹는다. 엄마는 그게 딱해서 안절부절못한다. 낫짱은 그런 엄마 속까지 꿰뚫어 볼 수 있는데 상냥한 말이 안 나왔다. 방 안에 팽팽하게 냉기가 찼다. 시간이 머쓱하게 흘렀다. 시간은 갈수록 바늘이 돼서 양심을 찌르기 시작했다. 낫짱은 이런 제가 시답잖게 느껴진다. 낫짱은 더 이상 아니꼬운 심정을 버티기 버거웠다.

"엄마, 걱정하지 마세요. 제가 갖다 드리고 학교 갈게요."

"어이구, 살았다, 살았어. 나츠에, 부탁할게."

엄마가 서둘러 내직한 남자 윗옷을 커다란 보자기에 쌌다. 서른

장은 되어 보인다. 제법 무겁다. 이걸 모리마치 고모에게 넘겨드리고 새로 일거리를 서른 장 넘게 받아서 돌아오는데 자전거 발디디개를 놀리면서 생각이 또 머리에 밀려왔다.

'아빠는 '경제적 행복보다 정신적인 행복이 더 값지다.'고 하는데 말야. 하고픈 공부를 제대로 못 하니 속상하고 우울해질 때가 가끔 있는데 이걸 어째야 하지?'

일본 문제아들이 조선 애라고 업신여기거나 모욕할 때는 그렇지 않다는 것을 행동으로 보여 주고, 걔네들이 폭력을 쓰면 정면으로 싸우면 됐다. 싸우는 상대가 부정적인 존재니까 정의롭고 당당하게 나설 수 있었고, 이기면 뿌듯하고 살맛도 났다.

하지만 '가난'하고는 싸우지 못한다. 아니, 싸울 줄 모른다. 기껏해야 엄마나 아빠 일을 거들어 드리는 정도다. 중학생이 되어 등하교 시간이 길어지고 엄마 내직까지 도와드리느라 독서 시간도 줄어든다. 미우라나 다른 아이들이 무척 부러웠다.

"으악!"

낫짱은 비명을 지르며 자전거를 탄 채 쓰러졌다. 바퀴가 큰 돌에 걸리는 바람에 균형이 무너진 것이다. 몸을 일으켜 자전거를 세우려는데 짐이 무거워 앞바퀴만 올라가고 뒷바퀴는 제대로 말을 안 듣는다. 끙끙 힘을 쓰는데 뒤쪽이 무거운 자전거는 끄떡 않는다. 속에서 눈물이 났다. 젖 먹던 힘을 써서 세우려는데 막무가내다.

"세상에, 아직 앳된 처녀가 용하네! 핸들을 세워!"

지나가던 웬 아저씨가 짐받이를 세워 거둬 줬다.

"아저씨, 고마워요."

"아니, 우리야 아사메시마에*거든. 탈 수 있나?"

"예, 그건 할 수 있습니다. 고맙습니다."

"조심히 가."

낫짱은 왼발로 발디디개를 두세 번 밟아 안장에 올라 양발로 발디디개를 힘차게 밟았다. 자전거는 앞바퀴가 조금 올라가고 흔들거렸지만 이내 씽 나아갔다.

십 분 지각이다. 2학년이 돼서 처음 지각했다. 아침 조례를 마치고 수업이 시작되기 전 쉬는 시간에 미우라가 낫짱을 불렀다.

"가네모토, 무슨 일이 생겼구나?"

"뭐, 좀 일이 있었어."

낫짱이 얼버무리는데 미우라는 평소에 지각 한 번 안 한 낫짱이니까 캐물었다.

"낫짱, 무슨 사정인지 모르지만 나한테 말해도 돼."

미우라는 낫짱한테 제 부모 이혼에 대해 털어놓고 도움을 받았으니 저도 낫짱에게 도움이 되고 싶은 것이다.

---

* 아사메시마에: 누운 소 타기.

"……"

딩동댕동.

1교시 시작종이 울렸다. 미우라는 여느 때와 다른 눈빛으로 낫 짱을 노려보더니 자기 자리로 갔다.

낫짱은 오전 수업에 집중을 못 했다. 오늘따라 미우라가 고맙다 기보다 좀 성가시게 느껴졌고 그런 자신이 시시해서 마음이 어두 웠다. 엄마에게 심술을 부린 거나 미우라에게 말하지 못하는 마음 이 너무나 불편했다.

"결과가 나는 데는 필연코 까닭이 있는 법이지. 이게 철학이야." 조청 위원장이 하던 말이 떠오른다.

'까닭이 뭐야? 왜? 왜 내가 이렇게 쩨쩨하게 놀아? 까닭이 뭔 데? 미우라에 비해 내가 너무 가난하니까? 그럼 내가 가난한 건? 내가 조선 사람이니까? 조선 사람은 왜 가난하게 살아? 나 라를 뺏겨서 일본으로 건너왔으니까? 왜 나라를 뺏겼어?'

생각이 꼬리에 꼬리를 물고 이어져서 '아휴!' 속으로 비명을 지 르고 생각을 그만 멈췄다.

'그만하자. 힘들어. 결론은 하나고 분명하다. 적어도 걱정해 주는 미우라에게는 솔직해지자. 미래는 어떻든 오늘만큼은 말이다!'

도시락을 풀고 점심을 먹는데 떨어뜨린 도시락이 떠올라 먹기 전부터 입에 쓴맛이 돌았다. 그래도 시장이 반찬이라 밥알 하나 남기지 않고 비웠다. 먹고 나서 창문 밖을 멍하니 바라보는데 미우라가 다가왔다.

"음악실로 가자."

5교시 음악 수업에 일찍 가서 얘기하자는 뜻이다. 결코 내버려두지 않겠다는 심산이다.

"낫짱, 날 친구로 여겨 준다면⋯⋯."

"아냐, 우린 이미 친구잖아? 다만 사는 형편이, 그러니까 우리가 살아가는 형편이 너무 다르잖아. 그래서 내가 좀 망설인 거야. 괜찮아. 이제 다 얘기할게."

음악실에서 미우라와 마주 앉은 낫짱은 아침에 생긴 일과 지금 마음 상태를 미우라에게 털어놨다.

"우리 관계가 지금까지는 너의 딱한 사정을 듣는 게 먼저였잖아. 우리가 빈부 차이가 커도 내가 널 태연하게 대할 수 있던 거는⋯⋯ 솔직하게 말할 거니까 마음 상하지 마. 네가 못 가진 거, 그러니까 우리 집이 화목하고 식구들 사이가 좋아서 그랬어. 내 철학은 말야, '경제적 부보다 정신적인 부가 더 중요하다.'는 거였거든. 그러니까 마음이 늘 여유로웠어. 근데 그게 무너지기 시작했어. 오늘은 확실한 불행을 당했거든."

"낫짱⋯⋯, 너, 무척 힘들었구나. 네 고생도 모르고 미안해."

"아냐, 모르는 게 당연하잖아. 내가 말을 안 했으니까."

"가네모토, 오늘 우리 같이 가자."

미우라는 반 친구들 앞에서는 '낫짱'이라 부르지 않는다. 반 친구들과 구별 지어 낫짱과 특별한 관계를 지키고 싶어 했다.

종례를 마치고 둘은 어깨를 나란히 하고 교문을 나섰다.

"낫짱, 후카에 소학교 쪽으로 에돌아가자."

"당연하지. '우리 길'로 가야지."

함께 걸으며 낫짱은 엄마에게 심술부린 쩨쩨한 마음을 밝은 쪽으로 되돌리기 위해 공부 방법을 바꾼 얘기를 하자고 생각했다. 이게 바로 낫짱의 '마음 표현 방법'이다.

"미우라, 아냐, 얏짱, 나 말야, 낱말 외우는 방법을 바꿨어."

"어떻게?"

"혼자 말고 동생들 도움을 받는 거야. 그러니까 한자나 영어를 동생한테 부르게 한 다음에 내가 들은 대로 한자나 영어로 쓰는 거지. 이렇게 하면 시간이 단축돼."

"수업에서 하는 단어 소시험을 집에서 한단 말이지?"

"맞아. 동생 앞에서 틀리면 창피하니까 아예 걔들 도움을 마다 했는데 그러지 말자고 생각을 바꿨어. 공부하는 데 창피하거나 쑥스러운 감정은 버려야 한다고 마음먹었어. 조청 오빠들이 그랬거든. 무슨 일에나 강도가 있으니 그걸 높이라고. 그러니까 요령을 생각해 낸 거야. 사람이란 절박해지면 스스로 좋은 방법을 찾아내."

"낫짱, 넌 동생이 많아 좋겠다. 둘이 공부하는 모습이 그려진다."

어느덧 후카에 소학교 정문까지 왔다.

"낫짱, 고마워. 나한테 말해 줘서. 근데 난 너한테 어떤 도움을 줄 수 있을까?"

미우라는 아랫입술을 가볍게 깨물었다.

"아냐, 네가 들어줘서 마음이 좀 가벼워졌어. 너도 그랬잖아?"

"응, 그렇지만……. 낫짱, 너, 진짜 강해!"

"강하긴 뭐가 강해?"

"그러니까 마음. 그 마음 씀씀이에서 나오는 행동력."

"어려운 소리 마. 난 그저 현실을 타개할 방법을 오빠들에게 배운 대로 하자고 마음먹은 것뿐이라고."

"그러니까 얼른 그렇게 마음을 돌려 잡을 수 있으니까 대단하잖아. 근데 가끔씩 얘기하는 그 오빠들은 누구야?"

"아아, 조청 오빠들?"

낫짱은 조청 사무소를 찾아간 날부터 있었던 이야기를 간추려 말했다.

"좋겠다, 그런 오빠나 언니들이 있어서. 낫짱은 진짜 사람 복이 많네."

"사람 복? 그래, '사람 복'도 복이지! 넌 진짜 표현력이 대단해.

고마워.”

“아냐, 낫짱 덕분이다. 안녕.”

“그래, 잘 가. 안녕!”

낫짱은 미우라와 헤어져서 아침에 잠깐이나마 엄마한테 심술부린 자신을 탓했다.

'씩씩하게 들어가자!'

“엄마, 다녀왔습니다! 엄마, 사다오는요?”

새벽녘에 아빠가 병원에 데려간 남동생이 안방에 누워 있다. 한 시름 놓았다.

“낫짱 왔구나. 기다렸다.”

낫짱은 방구석에 가방을 던져 놓고 엄마 곁에 가까이 앉았다.

“왜? 기다렸어요? 엄마 저한테 무슨 일이든 시켜요. 다 할게요. 사다오는 어디가 아픈 거래요?”

낫짱은 마음에 여유가 생겼다. 무슨 일이든 하고야 말겠다는 태세로 엄마 얼굴을 빤히 바라봤다.

“사다오는 감기 기운이 좀 있는 것 같대. 여느 애와 달리 허약 체질이라서 열이 곧잘 오른대. 약 받았으니까 걱정 마.”

“아휴, 다행이다. 근데 엄마, 부탁은요?”

“아니, 그게 아니고 아침에 너한테 너무 미안해서……. 네게 고생 많이 시켜 그런다. 엄마가 힘이 모자라서.”

"엄마도, 뭔 소리 해요. 고생은 무슨 고생이에요. 한 식구니까 당연하죠."

하다가 코끝이 찡 뜨거워져 다음 말을 잇지 못했다.

"깃짱 4학년 때 담임 있잖아? 아주 상냥하던. 이름이 뭐였지?"

"아아, 이시카와 선생님?"

"그래, 그 선생님이 그랬어. 낮짱에게 좀 더 공부할 시간을 주라고. 아이보개할 시간을 좀 줄여서 공부시켜야 한다고……."

"그랬구나. 몰랐네. 이시카와 선생님이 그런 말을 했구나. 근데 엄마, 괜찮아요. 공부할 방법을 생각해 냈어요."

"그게 뭔데?"

"깃짱 도움을 받는 거예요."

동생 이름이 나오자 엄마 안색이 좀 풀렸다.

"낮짱, 고마워. 넌 사내로 태어나지 않은 게 너무 아쉬워."

"또 그 소리. 엄마 좀 작작해요. 이제부터 마토메 도울게요."

옷을 갈아입으러 안방으로 갔다. 이마에 찬 수건을 얹은 동생이 고르지는 않아도 숨소리를 가볍게 내며 잘 잔다. 낮짱은 시름을 말끔히 씻어 내듯 숨을 길게 토해 냈다.

도우미 깃짱이 세 번째로 출동한 저녁.

"언니, 다음은?"

"깃짱, 좀 더 소리 크게 내. 그리고 좀 더 빨리 불러."

깃짱은 졸린지 목소리도 작고 속도도 느려졌다. 언니가 시켜서 억지로 하는 일이니 심드렁하고 단연코 힘이 안 난다.

"낮짱, 깃짱도 좀 생각해 줘야지. 깃짱이 불쌍하네. 쯧쯧."

엄마는 혀를 찼다. 낮짱은 동생을 힐끗 노려보고 인상을 찌푸렸다.

"야, 깃짱, 버거워?"

눈꺼풀이 계속 아래로 내려가는 동생 이마를 톡 밀쳤다.

"응, 졸음이 덮쳐. 근데 언니, 좀 더 하면 이제 끝이지?"

"그래, 열 개씩이다."

"계속할게. 다음은……."

깃짱은 하품하려는 입을 손바닥으로 막고 계속했다. 깃짱이 한 자를 읽으면 낮짱이 한자를 쓴다.

"다가이." '互', "메이, 쿠라이." '冥', "다쿠미." '匠', "츠야." '艶', "호메루." '褒める', "우루와시." '麗し', "유즈루." '讓', "이키." '粋', "호타루." '蛍', "고토사라." '殊更'…….

"오 완벽해! 다음은 영어다. 계속해!"

깃짱이 일본어로 단어를 말하면 낮짱이 영어로 쓴다.

"됐다. 이만하면 만점이다. 깃짱 고마워."

"하아아아아암."

깃짱은 입이 째지게 하품을 하며 이부자리로 기어갔다.

12월 초에 기말고사가 끝나고 성적 순위표가 뒷벽 흑판 위에 게시됐다. 깃짱 도움을 받아 공부한 효과가 나서 그런지 중간고사 때보다 성적이 조금 올랐다. 8등이다. 미우라는 3등에서 6등으로 떨어졌다

'부모님 걱정 때문에 공부를 못했구나. 위로해 줘야 하는데…….
그래, 내가 생각한 대로 조언하자.'

낫짱은 미우라 고민을 들은 뒤에 생각한 것, 자기가 여러모로 경험하고 터득한 내용들을 갖고 조언하기로 마음먹었다.

종례가 끝나자마자 자리를 차고 일어나 미우라 곁으로 갔다.

"나 좀 보자."

미우라는 다 안다는 표정으로 말없이 뒤를 따라 복도로 나왔다.

"성적이 떨어졌으니 한마디 하고 싶은 거지? 나는, 성적 같은 것, 이제 아예 생각 밖이야."

"알아. 내가 모를 리 없잖아. 근데 말야, 엄마 아빠 사이는 어때?"

낫짱은 미우라네 엄마 아빠 이혼 이야기를 꺼냈다.

"그저 그래, 예전과 다름없어. 서로 말도 하지 않고. 둘이 함께 있는 시간이란 게 거의 없거든. 늘 각각이다."

"그렇구나. 얏짱, 내 의견 말해도 돼? 너, 부모님들과 얘기해 봤어? 이번 문제에 대해서 말이야."

"아니, 얘기해서 무슨 좋은 일이 있나? 서로 하고 싶은 대로 사

는 사람들인데……."

"네가 딸 처지에서 부모님 심정을 듣고 네가 생각하는 걸 말해
보면 어때? 두 분이 낸 결론을 이래라저래라 할 나이는 아니잖
아? 하지만 딸 입장으로 말은 해야지. 내 마음 들어 달라고 얘기
해 봐. 말하지 못한 채 헤어지면 후회가 남아."

"그럴까? 근데…… 얘기해 봤자……."

"너 도대체 부모님하고 차분히 얘기해 본 적 있어?"

낫짱은 에두르지 않고 계속 몰아쳤다.

"그닥…… 없는 것 같다."

미우라는 한참 생각을 더듬다가 물었다.

"그럼 엄마 아빠랑 주고받는 말이란 도대체 어떤 말들이야?"

"그러니까 일상을 사는 데 필요한 말들 있잖아. 뭘 달라, 싫다,
좋다, 됐다, 왜요? 같은 것들……."

"낫짱, 알겠어. 하여튼 한번 차분히 얘기해 볼게. 고마워."

집으로 향하며 낫짱은 또 생각 속으로 빠졌다.

'혹시, 미우라는 양자? 아님 부모님이 재혼이어서 아빠나 엄마
가 데려온 딸? 엄마도 아빠도 미우라에게 사랑을 주는 것 같으
니까 그건 아니겠지. 그럼 어디 공원이나 길가에서 버려진 애를
키워 봤는데 뜻대로 자라지 않아서 따돌리는 걸까?'

부상과 성장

중학교에서 최고 학년인 3학년이 되니 낫짱은 키도 마음도 커졌다. 키는 160센티미터를 넘었고 몸무게도 3킬로그램이나 불어 59킬로그램이 됐다. 마음은 '하자고 마음만 먹으면 못 해낼 일이 없는' 격으로 자랐다.

마음이 커진 까닭은 여러 가지가 있겠지만 낫짱에게는 담임을 나가이 선생님이 맡게 됐다는 것도 있다. 절집 장남이어서 그런지 나가이 선생님은 사람 됨됨이가 점잖다. 운동을 하는 사람이라 담백하고 시원스러운 성격에 학생을 가리지 않고 누구에게나 평등하게 대하는 어질고 상냥한 마음씨, 문제아들을 다스리는 너그러운 인품이 좋다. 운동하는 사람치고는 키가 작고 몸집도 가늘고 겉보기에 연약해 보이지만 부드러운 표정으로 살짝 웃는 얼굴은 학생들에게 안도감을 주었다. 아침 조례 때 선생님이 맑은 목소리로 출석을 부르고 시작하는 하루는 늘 기분이 산뜻하고, 끝모임 때

"다들, 조심히 돌아가! 특히 어두운 길을 조심해서 가야 한다. 알지?" 하는 잔소리를 들으면 '집에서 엄마 일 잘 돕고 공부도 하고 학교 잘 다니게끔 힘쓰자!'는 마음을 먹게 한다.

새 학년이 시작되고 사흘이 지난 종례 시간에 나가이 선생님께서 가정조사서를 나눠 주었다.

"해마다 하는 거니까 알지? 이름, 주소, 생년월일, 가족 구성, 보호자 직업, 특기, 취미, 집에서 학교까지 간단한 지도 이것들은 다 같다. 설명은 생략한다. 비고란 봐라."

선생님은 흑판에 '취직/진학/미정' 이라 쓰고 말을 이었다.

"비고란에다 진로를 써. 이 세 가지 가운데서 어느 하나 말이다. 부모님하고 의논이 다 돼 있으면 가장 좋은데 아직껏 안 했으면 너희들이 희망하는 대로 써. 그러니까 여긴 너희들이 연필로 써 와. 알겠지?"

낫짱은 집으로 돌아가며 생각 바다에 잠겼다.

'언니도 고등학교 진학했으니까 나도 당연히 고등학교에 가겠지? 울 아빠 평등하게 키우니까. 하지만 둘이나 고등학교를 다니면 그 학비는?…… 약골인 사다오 병원비도 필요하고, 동생들 다 우리 학교로 옮기게 되면 교육비는 지금보다 훨씬 불어난다. 우리 살림에 내가 고등학교까지 올라갈 수 있을까?'

답이 안 나오는 사색은 힘들고 쓸데없다. 낫짱은 가정 형편은 아예 밀어 두고 제 마음이 어떠한지 생각하기로 했다.

'난 우리 학교 가고 싶다. 누가 뭐래도. 그렇담 학비랑 교통비는 내가 감당하면 되잖아? 그렇지! 내가 해결하자. 알바를 하자!'

굳어지던 얼굴이 풀렸다. '마음만 먹으면 못 해낼 일 없는 정신'으로 살아야 한다는 조청 오빠 말이 용기를 줬다. 건강에는 자신이 있다. 평일은 알바를 못 하니 토, 일요일 여덟 번이라도 하면 되고, 방학 때는 아빠 가게 도울 일이 없으면 알바를 하자. 낫짱은 얼마나 돈이 되는지 계산도 안 해 보고 일하기만 하면 무턱대고 돈이 나오는 줄 알고 가슴을 쓰다듬었다. 기분은 마냥 설렌다. 자기가 결정하고 자기가 방법을 찾는 게 독립적인 사람 같아 뿌듯했다.

"가네모토, 소프트볼 그만두냐?"

벚꽃이 지고 잎이 무성하게 나기 시작한 4월 말이다.

청소 당번이던 낫짱이 청소 도구를 도구함에 넣고 있는데 나가이 선생님이 말을 걸었다. 아무도 없는 줄 알았는데 느닷없이 소리가 나서 화들짝 놀랐다.

"어머, 선생님 계셨어요? 닌자* 같으시네요!"

"오, 내가 닌자라면 멋있을 텐데. 복도 지나가다가 네 모습이 보

* 닌자: 일본에서 첩자, 탐정, 자객 따위로 활동했던 특수한 전투 집단. 자기 모습을 숨기기 위해 복면을 쓰고 검이나 바람총 따위를 썼다.

여서 들어왔다. 왜? 공부에 집중하려고 그래?"

"아닙니다, 여러모로 해야 할 일들이 많아서요."

"여러모로? 가네모토는 형제자매가 많아서 그럴 수 있겠네."

"예, 아무래도 시간에 쫓겨서 계속하기가 힘듭니다."

나가이 선생님은 낫짱 집과 한동네인 오코노미야끼 가게 요시다의 단골이어서 요시다 주인 아줌마와도 얘기를 종종 나누는데, 그래서 아이들이 많은 낫짱네 집 어려움도 잘 안다.

"그렇구나, 강한 선수가 빠지면 팀에 타격을 주지만 할 수 없지."

나가이 선생님은 아쉬움을 머금은 말투로 말했다.

낫짱은 선생님이 혹여나 그러지 말라고 하면 마음이 아파질 거라고 생각했는데 살았다 싶었다. 아무튼 이제부턴 마음 놓고 엄마 일을 도와줄 수 있다. 낫짱은 짐을 하나 덜었다. 어깨가 좀 가벼워진다. 그랬더니 느닷없이 얼토당토않은 생각이 떠올랐다.

'고등학교 생활 예습을 이번 여름방학에 하자! 오, 멋진데!'

낫짱은 저도 모르게 외쳤다.

소프트볼 특활도 그만두는 마당에 시간을 보다 알차게 써야 한다는 생각에 여름방학 동안 알바를 하기로 한 것이다. 잘만 하면 돈도 생기고 고등학교 생활 연습도 되니 일석이조다.

낫짱은 나름대로 '진학 계획 첫 단계'라 이름 붙이고 알바 찾기에 골몰했다. 학교를 오갈 때나 마토메를 나를 때, 길거리를 거닐

때 공장 문이나 콘크리트 벽에 나붙은 구인 광고를 자세히 보는 게 습관이 됐다. 그러다 방학이 시작되기 전에 우리 동포가 하는 상자 만드는 작은 공장 광고지가 눈에 띄었다. 무엇보다 같은 조선 사람이라는 점에 해 보고 싶은 마음이 생겼다.

낫짱은 책가방을 든 채 열린 공장 문 안으로 들어갔다. 살림집 세 채를 하나로 만든 그야말로 작은 공장이다. 일하던 아저씨가 기계를 멈추고 면접을 보았다. 아저씨는 방학하면 당장 출근해 달라고 했다. 부유하게는 안 보였지만 그저 열심히 일하는 사람 같아 마음이 놓였다.

"엄마, 아주 중대한 결정을 말씀드릴게요."

"어이구, 돌아오자마자 무슨 소리야?"

인사하기 바쁘게 가방을 든 채 옆으로 다가앉는 낫짱에게 엄마는 쯧쯧 혀를 찼다. 낫짱이 이런 성급한 태도를 보일 때는 분명 무슨 문젯거리가 생기니 엄마는 경계부터 한다.

"저요, 방학하는 22일부터 알바해요."

"어이구, 애가 갑자기 엉뚱한 소리 하네!"

엄마는 바늘을 바늘겨레에 꽂아 놓고 고개를 들었다. 사다오는 다다미에 깐 큰 수건 위에서 낮잠을 잔다. 낫짱은 지금 말해야 한다는 마음에 서둘렀다.

"엄마, 사장하고도 약속을 다 했으니까 못 한다는 말은 못 해요."

낫짱은 엄마가 아무 소리도 못 하게 세게 나갔다.

"얘가 그러니까 뭣 땜에 일을 하겠다는 거야?"

낫짱은 여태껏 생각해 온 이야기를 털어놨다.

"엄마, 상자를 만드는 공장에서 상자 가장자리하고 밑바닥에 기계로 호치키스를 찍는 거고, 공장은 학교 가는 길에 있어요. 방학 32일 동안 해요. 일요일은 휴일이고, 아침 여덟 시부터 저녁 다섯 시까지 해요."

엄마가 질문하지 못하게 단숨에 말했다.

"세상에, 아직 중3밖에 안 된 계집애가 부모 허락도 안 받고 알바를 잡고 왔다니 이게 말이 되나?"

엄마는 혀를 찼다. 낫짱은 잽싸게 다음 말을 이었다.

"별로 나쁜 일도 아닌데요 뭐. 여태껏 용돈 버는데 일일이 엄마 허락 받았어요? 전선줄 구리선 줍는 일도, 길에서 가막조개 판 일도 제가 알아서 했죠. 뭐, 그거랑 똑같아요."

"쯧쯧, 저 혼자 일하는 것하고 주인이 있는 공장에서 하는 일이 어떻게 같니? 생각을 해 봐라. 사장이 있고 직원도 있는 그런 데서 정식으로 일한다는 게 어떤 건지 아니?"

"그렇죠. 사장이 있죠. 아저씨가 사장이죠. 근데 그 공장 아저씨하고 아줌마 둘이서 하는 아주 자그마한 공장, 아니 공장도 아니고 우리 집 세 배 정도 되는 그런 작은 가내 공장이에요."

낮짱은 보고 온 대로 설명했다.

"조선 사람이냐? 일본 사람이냐?"

"아이참, 중요한 얘기를 까먹었네요. 우리 동포예요."

낮짱은 조청 오빠들이 쓰는 '우리 동포'라는 말을 썼다. 조청원이 된 기분이다.

"하여튼 아빠한테도 허락받아야 한다."

"아이참, 엄마도. 그러니까 아빠가 뭐라고 하시면요, 걔는 똑똑하니까 걱정 놓으라고 그렇게 내 편을 들어 줘야죠."

엄마 넋두리는 오 분쯤 계속됐지만 낮짱은 확답을 얻은 걸로 단정하고 마음 놓았다.

아빠는 반대하지 않았다. 이제 중3이니까 조심해서 책임감 있게 일하라고 했고, 무슨 일이든 극성스럽게 하는 낮짱 성격을 고려해 너무 욕심부리지 말라고 한마디 보탰다.

낮짱은 성적표를 받은 종업식 다음 날부터 일하러 나갔다.

학교 다닐 때랑 다름없이 도시락을 싸서 일곱 시 반에 집을 나섰다. 엄마는 하루만 쉬고 가라고 했지만 어떤 일인지 어서 해 보고 싶은 마음이 앞섰다. 난생처음 하는 공장 일이라 긴장했지만 일은 단순해서 며칠 하다 보니 이내 익숙해졌다. 호치키스 기계는 지정된 크기로 재단한 상자 가장자리와 밑을 받침대에 얹어 그 위에 호치키스를 끼우도록 발로 페달을 밟으면 된다. '찰카당찰카당' 소리가 열 번 나면 상자 한 개가 완성된다.

낫짱은 처음 해 보는 일이 흥미롭기도 하고, 긴장도 해 여덟 시간이 눈코 뜰 새 없이 지나갔다. 좀 일하다 보면 '벌써 점심시간?' 하고 놀랐고, 밥을 먹고 나서 앉았다가 얼마 지나면 '어머, 벌써 다섯 시야?' 하고 돌아갈 채비를 했다. 어깨에 힘이 들어가서 그런지 어깨가 뻐근했다. 어깨하고 허리를 좌우로 돌리며 걸었다.

일주일이 지나니까 꽤 익숙해졌다. 본디 솜씨가 좋아 일을 익히는 것도 빨랐고 손도 빨랐다. 주인 아저씨는 쓸 만하다고 침이 마르게 칭찬했다. 낫짱은 사장 내외가 그다지 까다로운 사람이 아니어서 편한 마음으로 일할 수 있었다.

일이 손에 잡히기 시작하면서 자꾸 딴생각을 했다. 미우라 일이 궁금하고, 동생들이 엄마 일을 잘 도와드리고 있는지 동생들 모습을 상상하고, 가끔씩 영어 단어나 한자 생각도 했다. 일손은 일손대로 아주 빨라졌다.

'찰카당찰카당' 소리가 가끔 자장가처럼 들리고 눈두덩이가 슬며시 내려올 때가 있었다. 그럴 때면 '어이, 정신 차렷!' 하며 허벅지를 꼬집기도 했다. 열흘이 지나니까 퇴근 시간만 기다려졌다.

낫짱은 '똑같은 시간 동안, 똑같은 일을 하고, 똑같이 손발을 움직인다는 게 이렇게 힘든 줄은 몰랐네.' 하고 혼잣말을 하며 일의 고달픔을 되새겼다. 츠루하시 아빠 옷 가게에서 점원으로 일하는 게 몇 배나 수월한 것 같고, 언니가 새삼 부러워졌다. 저녁 다섯 시에 마치고 오 분 뒤에 공장을 나설 수 있는 점만이 유일한 장점이었다.

일을 하며 저도 모르게 드는 딴생각은 '이 알바비를 어떻게 쓸까?' 하는 것이다. 이제 막 잘 걷기 시작한 남동생에게 귀여운 구두를 사 줄까, 여동생들이 좋아하는 바나나를 살까, 먼저 엄마에게 돈을 드려야 하나, 뭐 이런 생각을 하면 마음이 들떴다.

'찰카당찰카당' 규칙적인 기계 소리를 들으며 소리에 맞게 손발을 움직였다. 하지만 머릿속에는 '돈을 어떻게 쓸까?'란 생각만이 가득 찼다.

'픽.'

웬 소리가 기계에서 났다. 순간 오른손 손가락에 심한 통증을 느꼈다. 숨이 막혔다. 목소리가 안 났다. 손가락을 봤다. 가운데 손톱 가장자리에 하얀 살과 뼈 같은 게 보였다. 곧 새빨간 피가 분수처럼 솟았다. 낫짱은 기절했다.

기계 소리가 멈춘 게 심상치 않아 돌아본 아줌마가 비명을 질렀다. 뛰어온 아저씨가 응급처치로 지혈했다. 낫짱은 얼마 있다가 깨어나 겨우겨우 입을 열었다.

"미안합니다."

낫짱은 일단 사과부터 했다. 일하다 딴생각을 한 자기가 잘못했다고 생각했다. 이날은 조금 빠르게 퇴근했다.

엄마는 낫짱 손을 보고 한참 울고불고 죽는 소리를 했다.

"내가 미련해서, 내가 힘없어서 딸애가 이 꼴까지 당한다. 어이구."

엄마 넋두리는 애들이 잠잘 때까지 계속됐다.

낫짱은 엄마에게 죄송하고 미안해 가슴이 아팠고, 다친 손가락은 고열이 나 욱신욱신 아파 잠을 이루지 못했다. 눈을 붙였다가도 통증으로 깨면 일을 얕잡아 본 걸 후회하며 끙끙 앓았다.

이틀째는 엄청 아파 일을 쉬었다. 병원에서 치료받으면 빠르게 나을 텐데 보험이 없는 조선 사람들은 그냥 저절로 낫기를 기다릴 수밖에 없다. 일하던 곳에서 난 사고니까 당연히 사장이 치료비도 내고 나을 때까지 일도 쉬도록 해 줘야 하는데, 가내수공업으로 영세하게 운영하는 조선인에게 그런 법이 적용될 리 없다. 다친 사람이 제힘으로 견뎌 낼 수밖에 없다. 상처가 곪지 않도록 부지런히 소독하고 약 발라서 낫기를 기다릴 뿐이다. 그야말로 시간이 약인 셈이다. 낫짱은 안간힘을 써서 아픔과 싸웠다.

일주일이 지나자 통증이 꽤 나아졌다. 붕대를 풀어 바람을 쐬야 딱지가 빨리 앉지만 상처를 보는 게 끔찍해서 보이지 않도록 가볍게 붕대를 감아 놨다. 남은 기간 동안은 딴생각을 하지 않고 집중해서 일하다가 약속한 32일을 하루 빼고 무사히 끝냈다.

공장에서 번 돈으로 식구들이 모두 앉을 수 있는 둥근 밥상을 사기로 했다. 꽤 오래 써서 상다리가 하나씩 말썽 부려 못 쓰게 된 것을 아빠가 못질을 해 고쳐 쓴다. 그것도 이제 더 쓸 수가 없어서 엄마가 밥 먹을 때마다 "이젠 사야겠다." 하고 입버릇처럼 말했다. 그래서 언니와 함께 상가 거리에 하나 있는 가구 가게에 가서 일곱 식구가 편히 앉을 수 있는 큰 밥상을 샀다.

효녀 짓을 했다고 생각하니 설레었다. 엄마가 깜짝 놀라게 몰래 선물하자고 언니와 꾸몄다. 9월 초에 가게 아저씨가 상을 갖고 왔다. 엄마는 엄청 놀랐고 손톱이 빠진 낫짱 손가락을 매만지며 울다가 칭찬하느라 바빴다.

"엄마도, 괜찮다니까요. 아빠가 그랬어요. 새로 손톱이 난대요. 그러니까 걱정 놔요."

낫짱은 대수롭지 않게 넘겼지만 새 손톱은 돋아나야 아는 일이어서 속으로는 걱정을 했다. 하지만 '안 나면 안 난 대로 살 수밖에 없잖아. 그치? 손톱 하나 없다고 죽는 것도 아닌데.' 하며 태연하게 넘겼다. 그것보다 새 밥상이 성적을 올릴 수 있게 해 줄 것 같아서 마냥 들떴다.

아침저녁으로 조금 서늘해졌지만 무화과나무는 줄곧 열매를 맺어 단것을 탐내는 아이들을 즐겁게 해 준다. 나팔꽃이나 분꽃도 아직 한창이다. 낫짱은 여러 집들 현관 앞이나 문 옆에 둔 화분이며 화단에서 풍겨 오는 달콤한 꽃향기를 맡으며 학교에 갔다.

알바해 번 돈으로 밥상을 산 일은 나름 어른이 된 기분이 들게 했다. 2학기 시업식, 눈치 빠른 미우라는 낫짱 손가락을 보고 알은 체한다.

"웬 붕대?"

"뭐, 좀 그런 일이 있었어. 좀 다쳤지 뭐."

낫짱은 애매하게 얼버무렸다. 언젠가 얘기할 거지만 막상 미우라를 앞에 두니 미련해 보여 화젯거리를 얼른 바꿨다.

"그것보다 너, 아빠 엄마하고 얘기했어?"

"했어. 너하고 약속했으니까 말야. 시업식 끝나면 우리 같이 나가."

두 여학생은 후카에 소학교 쪽으로 걸어가다가 크게 자란 미루나무 아래 그늘에 들어가 얘기를 계속했다.

"그래서 엄마가 뭐라셔?"

"……엄마가 울었어. 미안하다고 그래. 내가 그렇게 가슴 아파할 줄 몰랐다고. 돈 걱정 없이 필요한 거 다 사 주고 용돈도 많이 주고 키웠으니까 만족하고 있는 줄 알았대. 고통을 줘서 미안하다고……."

"얏짱, 엄마는 엄마다. 딸 생각하지 않는 엄마가 이 세상에 있을까? 아빠는 몰라도 엄마는 배를 앓아 고생고생 키운 아이니까 애가 막 사랑스러운 거지."

낫짱은 뭘 아는 듯 말했다. 언젠가 언니가 들려준 얘기다.

"그런가 봐. 기뻤어. 낫짱, 나, 졸업하면 도쿄로 간다!"

"어머, 너 갑작스레 뭐야? 도쿄?"

"그러니까 가수가 되려고 도쿄로 가."

"……혼자는 아니지? 엄마랑 함께 가는 거지? 잘됐다!"

"아냐, 나 혼자 간다. 이제 열입곱 살이잖아. 해낼 수 있어. 낫짱 같으면 누워서 떡 먹기지?"

"너, 비행기 태우지 마. 죽을 각오하면 혼자 갈 수 있겠지만 여간한 노력 없이는 못 간다."

낫짱은 힘들여 말했다. 하지만 미우라 눈은 황홀히 빛나고 티 없이 맑았다. 미우라는 아빠하고도 얘기 나눴고 '엄마 아빠가 갈라져 살아도 딸이 보고 싶으면 언제든지 만나 줄 거냐?' 하고 묻던 말에 당연하다고 답했다는 것까지 속속들이 털어놓았다. 말하면서 내내 환한 웃음을 짓던 미우라에게 낫짱은 크게 마음 놓았다.

'그랬구나. 결론 났구나. 무엇보다 네 앞길이 정해졌으니 잘됐다. 파이팅 얏짱! 플레이 플레이 얏짱!'

낯짱이 울었다

시간이 빠르게 흘렀다. 1학기가 금세 지나가고 2학기도 반은 지나 나뭇잎들이 물들기 시작한 10월 말이다. 담임이 학생들 진로를 가지고 시작한 개별 상담도 마무리되어 간다.

고등학교에 진학하는 반 아이들은 각자 자기 수준에 맞는 학교를 택하고 입시를 위한 공부를 1학기부터 시작했고, 바로 취직하려는 아이들은 2학기 들어 담임 선생님과 좋아하는 회사나 공장을 고르느라 교무실에서 면담하기 바빴다.

낯짱은 어떻게 되어 가는지 내심 궁금했지만 생활도 바쁘고 그저 순서가 늦구나 하는 정도로 생각했다.

벚나무도 은행나무도 물들기 시작했다. 낯짱은 은행나무를 좋아한다. 열매가 달릴 때는 구린내가 나지만 고소한 열매 맛이 좋거니와 무엇보다 사늘하게 부는 가을바람에 황금빛으로 물드는 나뭇잎이 멋있다. 학교에는 한 그루밖에 없지만 황금빛 나뭇잎이 빛

나는 가을은 꽤 볼만하다. 낫짱은 은행나무에서 좀 떨어진 화단 언저리 돌 위에 앉아 가을바람에 흔들리는 잎을 바라보는 걸 즐긴다. 점심을 먹고 나서 운동장에 나가 낫짱 지정석인 돌 위에 앉아 햇빛에 반짝이는 황금빛 은행잎을 구경했다. 담임이 조례대가 있는 출구에서 나와 낫짱이 앉아 있는 은행나무 쪽으로 걸어왔다.

"가네모토."

나가이 선생님이 웃으며 불렀다. 덧니 부분의 윗입술이 부풀었다. 낫짱이 좋아하는 선생님 표정이다. 낫짱은 이 표정을 '나가이 상표'라 이름 붙였다. 문제아를 나무랄 때나 지도할 때도 얼굴은 늘 부드럽다. 그래서 남자애들도 담임이 역정 낼 만한 일은 삼간다.

"네, 선생님."

"앉아. 여기 쭉 있었냐? 좀 찾았다."

"예."

"은행나무를 좋아하는구나. 넌 졸업 후 진로는 진학이라 썼지?"

"예."

황록색 은행잎이 하늘하늘 둘 사이로 떨어졌다. 낫짱은 운동장 위로 떨어지는 은행잎을 보며 낭랑한 목소리로 대답했다. 구니모토에게 고백했을 때는 흥분으로 가슴이 떨렸지만 지금은 그저 부풀기만 한다.

"학교는 결정했어?"

"예, 저는 조선학교에 가려고요."

담임이 놀란 눈으로 낫짱을 바라보았다. 나가이 선생님은 10년 넘게 교사를 하며 학생들을 만나 왔지만 학생 입에서 처음 들어 보는 이름이었다.

"조선학교?"

나가이 선생님은 당황한 기색을 보이지 않으려고 좀 간격을 두고는 일부러 태연한 척 입을 열었다.

"정식 학교 이름은?"

"오사까조선고급학교입니다."

"오오, 들은 적이 있네. 하나조노에 있는 학교 맞지?"

나가이 선생님은 다행이다 싶었다. 체육 담당 교사들 모임에서 들어 본 기억이 났다. 그때 히가시오사카의 교사 가운데 한 명이 '오사까조고'라는 약칭으로 부르며 거기 학교가 축구를 되게 잘하는데 조선학교여서 전국 대회에는 못 나간다는 말을 했다. 그러자 다른 지역의 교사가 정식 이름을 물으니 제대로 답해 줬던 기억이 난 것이다. '오사까조선고급학교.' 일본 학교들은 고등학교라 부르는데 그 학교는 '고급학교'여서 기억에 남았다. 그때 앞서 설명하던 교사가 총련 관계 학교들은 이북의 제도대로 초급, 중급, 고급이라고 쓴다고 자세히 설명한 게 차차로 기억났다.

"선생님, 알아줘서 다행입니다. 모르시면 설명해야 할 것 같아서 준비하고 있었어요."

"교산데 당연히 알아야지! 근데…… 가네모토, 내가 너한테 사과를 해야겠다."

"선생님 표정이 심각하시네요. 무슨 사괍니까?"

여태껏 못 본 담임의 엄한 표정에 낫짱은 당황했다.

"가정조사서 비고란에 진학이라 썼잖아. 어느 학교를 택하는지 짐작이 안 되어서 좀 고민했어. 공립학교는 조선 학생들을 불리하게 다룰 때가 가끔 있거든. 모든 학교가 그런 건 아닌데 교장에 따라서는 그런 문제가 더러 생겨. 사립은 솔직히 너희 집 형편으론 힘들 거고, 어떻게 지도해야 하나 고민했어. 오늘까지도 방향을 잡지 못했어. 하지만 그래서는 진로 지도를 하지 못하잖아. 그래서 이런 애매한 태도로 널 대했어. 미안하다."

"선생님, 솔직히 말씀해 주셔서 고마워요. 선생님이 솔직하게 얘기해 주셨으니까 저도 솔직하게 말씀드릴게요. 우리 언니가 그런 차별을 받았어요. 그래서 저도 압니다. 하지만 그것 때문에 조선학교를 택한 게 아닙니다. 저는 조선 사람으로 떳떳이 살고 싶어서, 더 배워야 한다고 생각해서 그럽니다."

나가이 선생님이 환하게 웃었다. 낫짱은 담임 얼굴을 놓지 않고 지켜봤다. 선생님 눈이 좀 젖어 있는 것 같았다.

"가네모토, 넌 진짜 기특한 학생이다. 그리고 내가 너무 고맙다."

"아닙니다, 제가 선생님께 고맙습니다. 어려운 현실을 눈감는 게 아니라 솔직히 말씀해 주셔서요."

"가네모토 넌 진짜……."

노란 나뭇잎이 떨어졌다. 이번은 두 장이다.

"원서 보내 달라고 학교에 신청해야겠네."

"아뇨, 학교도 보고 싶고요, 제가 가지러 갈게요."

낫짱은 부풀어 오르는 흥분을 가라앉히고 선뜻 답했다. 담임이 조선학교를 칭찬해 준 것과 아직은 미지의 세계인 우리 학교를 보러 갈 생각으로 가슴이 뜨끈거렸다.

"그래라, 내가 네 담임인 게 기뻐. 오사까조고 찾아가는데 뭐, 무슨 일이 생기거든 나한테 얘기해. 알겠지?"

"예, 선생님, 고맙습니다."

낫짱에게는 조청원인 언니 오빠들이 있어 든든하지만 거기에 나가이 선생님 마음까지 보탰으니 범에게 날개가 돋은 셈이다.

나가세 선생님이 가르쳐 준 영어 표현을 써 보고 싶은 충동이 일었다.

'나가이 선생님, I Robu Yu.(아이 러브 유.)'

점심을 먹고 나서 학교를 나간 낫짱은 늘 다니는 길과 반대 방향으로 걸었다. 후세 상가 어귀까지 가는 버스가 있어 엄마가 버스 타고 가라고 돈을 줬다. 처음 가는 길인데 역까지 걸어갔다가 학교에 도착하는 시간이 늦어지면 엉망이 될까 그런 거다. 낮짱은 후세 상가 어귀에서 내려 역까지 걸었다.

후세 상가는 세계대전 때부터 있어 온 역사가 꽤 오래된 상가다. 동오사카에서 가장 긴 상가로 채소 가게를 비롯해 이불 가게며 철물 가게며 없는 게 없다.

아빠 말마따나 이 상가에는 죠도오에 본부를 둔 폭력단 쿄쿠신 연합회의 무토오파 본부를 비롯해 폭력단 사무소가 네 군데나 있다. 주말 밤에는 무장을 한 남자들이 활보하고 공원에서는 젊은 남자들 싸움도 더러 있어 저녁때는 치안이 좋지 않다고 한다. 후세 주변은 또한 작은 규모의 공장들이 많아 육체노동을 하는 사람들 입맛을 당기게 하는 식당들이 많고 가게들은 음식의 간을 좀 짜게 만드는 것이 특징이라 한다. 여러모로 아주 활기찬 상가다. 한 십오 분쯤 걸었더니 건널목이 보였다. 거기서 왼쪽으로 돌면 긴테츠 후세역이 나온다.

버스는 여러 번 타 봤지만 혼자서 전철을 타는 것은 처음이다. 오후 두 시쯤이어서 타는 사람이 적다. 여유롭게 앉아서 흘러가는 창밖을 바라봤다. 전쟁이 끝나고 16년이나 지났는데 아직껏 가난한 일본이다. 하나조노에서 내리는 승객은 몇 사람 없었다. 북쪽

개찰구로 나와서 지하 계단을 올라 남쪽으로 나왔다. 엄마는 버스를 타고 가라고 했지만 낫짱은 걸어갔다. 시골이어서 그런지 후카에나 후세와 달리 큰 집들이 더러 있어 부유하게 느껴졌다.

'농촌이라서 그럴까? 농사를 짓는 사람들은 노동자들보다 잘 사는구나!'

이십 분쯤 부지런히 걸으니 집들은 줄어들고 논밭이 펼쳐졌다. 완전 농촌 풍경이다. 이코마산이 보이는 걸 보니까 진짜 시골이구나 싶었다. 얼마 더 걸으니 왼편에 큰 건물이 나타났다. 학교인가 보다. 가슴이 두근두근 뛰기 시작했다. 역에서 한 이십오 분은 걸었다. 낫짱은 겨울에도 걷기만 하면 땀이 났다. 이제 속옷에 땀이 스며들기 시작했다.

'맨날 이 길을 걸으면 근육이 단련되겠다.'

아직 입학시험도 안 봤는데 벌써 운동할 생각부터 한다. 흐흐 웃음이 나왔다.

'너구리 잡기 전에 가죽 계산이네.'*하고 다시 흐흐 혼자 웃었더니 설레던 가슴이 좀 누그러지는 것 같았다.

거의 다 왔다. 왼편에 2층짜리 목조건물과 3층짜리 콘크리트 큰 건물이 있다. 가슴이 다시 뛴다. 학교 앞에 자그마한 시내가 흘러

---

* 너구리 잡기 전에 가죽 계산한다: '오동나무 보고 춤춘다'와 비슷한 일본 속담.

학교 교문으로 들어가는데 조그만 돌다리를 건넌다.

교문 돌문주* 오른쪽 나무판에 우리 글씨로 '오사까조선고급학교'라고 새겨져 있고, 왼쪽 판에는 '大阪朝鮮高級学校'라는 한자가 새겨져 있다. 한자를 읽은 낫짱 몸에 백만 볼트나 될 뜨거운 전류가 흘렀다. 가슴을 진정시키려고 돌문주에 몸을 기대고 조심조심 안을 살폈다. 운동장에서 검정 학생복을 입은 남학생들이 축구를 하고 있다.

"야! 차라! 찻!"

"오오, 빨리빨리! 빨리 차라!"

"이놈 새꺄! 빨리 뛰어!"

함성에 섞여 들려오는 말이 다 우리말이다.

전류가 흐르던 몸이 떨린다 싶더니 눈에서 굵은 물방울이 뚝뚝 떨어졌다. 하염없이 흘러나오는 눈물을 어쩌지 못했다. 뜨거웠던 몸이 서늘해지기 시작하고 이내 부르르 떨렸다. 속옷이 온통 땀에 젖은 것 같다. 하지만 마음은 뜨겁게 타고 있다.

떨리는 손으로 눈물을 닦는데 건물 쪽에서 웬 남학생 둘이 낫짱을 향해 걸어왔다.

'틀림없이 날 보고 있다.'

* 돌문주: 돌로 만든 교문 문기둥.

낫짱은 얼른 눈물을 닦고 힘을 주어 두 손을 꽉 잡았다. 가쿠란*을 입은 두 남학생은 걸어오면서 서로 말을 주고받다가 이내 낫짱을 바라봤다. 그들이 교문에 거의 다다랐을 때 키가 큰 남학생이 일본말로 말을 걸었다.

"너, 일본 학교에서 왔니?"

턱은 삼각자의 한 각처럼 모가 났고 입이 작고 얼굴도 작았다. 그닥 크지 않은 째진 눈이 웃고 있다. 부드럽고 곰살궂은 인상을 준다. 목소리가 차분해 낫짱은 긴장을 풀고 답했다.

"예."

"조선 학생이냐?"

옆에 선 남학생이 물었다. 몸집은 탐스러운데 키는 작다. 오른발은 제대로 섰는데 왼발은 발가락을 세워 뒤꿈치를 올렸다. 보니 왼발이 불편한 것 같다. 안경 너머로 보이는 눈이 이글이글 불타고 있다. 날카로운 눈이다. 큰 입에서 난 목소리가 우렁우렁했다.

"예, 조선 학생입니다."

"난 이름이 리창구고 여기 2학년생이다."

키가 큰 남학생은 스스로 자기소개를 했다.

"난 리정우고 역시 2학년이니까 내년에 우리는 3학년이 돼."

* 가쿠란: 당시 남학생들이 입던 학생복. 일본군 군복에서 비롯했다.

키가 작은 남자는 3학년으로 올라간다는 것까지 덧붙여 소개했다. 낫짱이 이 학교에 들어와 함께 배우게 된다면 서로 선후배가 된다고 알려 준 것 같다.

낫짱도 자기소개를 해야겠다고 생각했다. 히가시나라 동지부에 처음 갔을 때 일이 떠올랐다. 지부 오빠들은 늘 하강이라 불러 주니 자신 있다. 낫짱은 머뭇거리지 않고 등을 곧추세워 목소리를 냈다.

"저는 김하강이라 합니다."

말과 동시에 온몸에 백만 볼트 전류가 다시 흘렀다. 지부가 아닌 곳에서 만난 사람에게 우리말로 이름을 말한 건 처음이다.

'나는 조선 사람이다! 김하강이다!'

이렇게 새긴 순간 행복했다.

"하강? 그럼 여름 '하' 자에다 큰 내 '강' 자야?"

리정우가 물었다.

"예, 맞습니다."

"아주 똑똑하네. 마음에 들어. 뭐 하러 왔니?"

리창구가 물었다.

"입학원서 가지러 왔습니다."

"그래, 알았다. 그럼 내가 안내할게. 아참, 앞으로 우릴 '선배'라고 불러. 같은 학교 다니는 동무 관계를 나타내는 말이야."

리정우다. 말이며 얼굴은 매서운 감이 있지만 눈은 부드럽게 웃고 있다. '선배'란 호칭에는 후배를 아껴 줄 거라는 믿음과 모르는 것을 깨우쳐 줄 거라는 신뢰감, 무엇보다 응석을 받아 줄 거라는 친근감이 든다.

"창구야, 내가 안내할게. 넌 교실에 가서 내 가방도 갖고 와. 우리 함께 역까지 가자."

"오, 그러자. 그럼 우리 교문에서 보자."

오가는 말이 다 우리말이다. 창구는 콘크리트 건물 쪽으로 발을 옮겼다. 낫짱은 리정우와 함께 교육회실*로 나란히 걸었다. 정우는 불편한 다리로 씨엉씨엉 걷는다. 걸으면서 말을 건넸다.

"집은 어디?"

"히가시나라입니다. 긴테츠 나라선 후세에서 내립니다."

"잘됐네, 우린 츠루하시까지 가. 같이 갈 수 있네."

'츠루하시라면 아빠 가게가 있는 국제시장 지역이다.'

어쩐지 친근감이 들었다. 교육회실에서 입학원서를 받으며 낫짱은 방문객 명단에다 한글로 또렷하게 '김하강'이라고 썼다. 마흔 살은 되어 보이는 여자 사무원이 똑똑하다고 칭찬해 줬다. 날아갈 듯 기뻤다.

입학원서에 써야 할 내용에 대해 자세히 설명을 듣고 사무실을

---

*교육회실: 학교 사무실.

나섰다. 낫짱은 교문 앞에서 선배들을 다시 만났다. 하나조노 역까지 걸어가 전철을 탔다. 선배들은 저희끼리 이야기할 때는 우리말로 하고, 낫짱에게 말을 건넬 때는 일본말로 구별해 썼다.

낫짱은 선배들이 이야기를 주고받는 모습을 그저 황홀히 바라보기만 했다. 보기만 하는데도 자꾸자꾸 뜨거운 게 올라왔다. 조청 지부에서 오빠나 언니들이 주고받을 때 느끼는 것과는 다른 느낌이다. 조청 오빠들은 우리말을 잘 하지 못했다. 말 가운데 일본말이 섞인다. 조고 선배들 말은 억양도 뚜렷해 멋스럽고 미끄럽게 느껴졌다. 그래서 가슴이 유달리 뜨겁게 반응하는가 싶다.

"우리가 주고받는 말, 알아듣지 못하지?"

창구 선배다.

"예, 말뜻은 몰라도 가까이서 그저 듣기만 해도 행복해집니다."

낫짱은 솔직하게 말했다.

"행복해진다? 그건 좀 꽝포 아냐?"

정우 선배다.

"……꽝포가 아니에요. 솔직한 심정입니다. 지부 오빠들이 하는 우리말하곤 좀 다른 느낌이 나요."

"지부라니? 어느 지부?"

두 선배가 동시에 물었다. 얼굴에 둘 다 뜻밖이라는 빛이 어렸다.

"동성 동지부입니다."

"거기 청년들은 아마 경상도내기가 많지?"

창구 말을 정우가 잇는다.

"아마 그럴 거다. 근데 거기 청년들이 쓰는 말이 사투리겠지? 그렇담 우리보다도 잘 쓸 건데 억양이 독특해서 좀 독하게 들리니 그럴 수도 있겠네."

낫짱은 경상도 사투리 억양이 독하다는 말이 잘 이해가 안 됐다.

'이제부터 내 머리에 들어올 모든 일에는 다 물음표가 붙는구나! 배우자! 배워서 모든 걸 뼈와 살로 하자!'

마음속에 새겼다.

전철은 벌써 에이와 역에 다다랐다. 에이와 다음이 후세다.

"엇, 다 왔네. 하강아, 그럼 우리 입학식 날에 볼까? 아니, 입시 때 혹시 만날 수도 있겠다. 그때까지 안녕하자!"

낫짱은 선배들에게 '안녕, 잘 가!'라고 인사했다.

"어이구, 넌 우리한테는 '잘 가세요.'라고 해야지."

정우 선배다.

"미안합니다. '잘 가세요.……선배!'"

낫짱은 쓰고 싶은 '선배' 호칭을 덧붙였다. 가슴이 벅찼다.

낫짱은 우리말 마법에 걸려 구름을 탄 몸으로 전철에서 내리고, 둥실둥실 개찰구를 나서고, 상가 어귀에 섰다. 오가는 길에 있는 가게들은 눈에도 안 들어온다. 오가는 사람들 모습도 색이 바래고

두루뭉실하다. 희한하다. 낫짱은 발을 마루 타일 바닥에 착 눌러 붙이고 걸었다. 머리와 마음을 휘감던 요술이 슬슬 풀린다. 그러더니 머릿속에 구호가 울렸다.

'우리 눈으로 이 세상을 볼 줄 알도록 배우자!'

'어엿한 조선 사람이 되자!'

늠름하게 거리를 활보하는 낫짱 기세는 하늘 꼭대기까지 솟았다.

'야들아, 비껴! 하강이 간다!'

두 군데 상처와 사람 복

'상처는 훈장이다.'

이 말은 세상 남자들이 흔히 하는 말이에요. 상처는 몸에 나기도 하고 마음에 나기도 하는데 어느 쪽이든 상처 임자는 남자들이었어요. 여자들이 '내 몸에 상처가 있어요.'라고 말하는 걸 본 적이 없거든요. 책에서도요. 남녀 평등을 내걸고 사는 요즘 세상에 말이에요.

내 몸에는 큰 상처가 두 군데 있어요. 하나는 왼발 엄지발톱에 있고, 또 하나는 오른손 가운뎃손가락 손톱에요.

발가락에 난 상처는 발톱이 돋아나긴 했는데 제대로 형체를 갖추지 못했어요. 여름철에는 샌들을 자주 신는데 난 꼭 발가락을 가리는 걸 찾아 신어요. 맵시 있게 차려입고 싶어도 뜻대로 안 되네요. 손가락에 입은 상처는 다행히 손톱이 새로 나긴 났는데, 일흔여덟 살이 된 오늘까지도 계속 이상하게 돋아나요. 손가락은 무슨 일을 해도 눈에 보이잖아요? 이 글을 쓰고 있는 컴퓨터 자판을 칠 때도 그 상처가 자연스레 보여요. 근데 이런 게 하나도 싫지 않거든요. 모두 다 내 훈장이니까요.

엉망으로 부서진 발톱은 예전에 낸 책《낫짱이 간다》에서도 고백했지만, 힘이 약한 여자애를 왕따시키고 못된 짓만 일삼는 남자애들과 싸우다 난 상처예요. 그러니까 나름대로는 '부정과 싸운 훈장'이고요. 손톱에 난 상처는요, 차별에 맞서 살려면 떳떳한 조선 사람이 돼야 하고, 그러기 위해 '우리 학교'에 진학해야 하고, 가난한 처지에 '우리 학교'에 진학하려면 학교 다닐 차비를 직접 벌어야겠다고 생각해 알바를 하다가 난 상처거든요. 조금 과장해서 말한다면요, 노동의 대가로 얻어 낸 돈의 가치를 깨닫게 해 준 거죠. 이건 '성장의 훈장'이잖아요?

　《내 이름은 낫짱, 김하강입니다》는 일본 오사카에서 태어나 '가네모토 나츠에'로 살아왔던 낫짱이 이 '성장의 훈장'을 가슴에 새긴 중학생 시절 이야기예요. 이때 조선 사람으로 살아가려는 낫짱을 양과 음으로 도와줄 사람들과도 만났어요.

　먼저 이치카와 선생님.

　선생님을 잊을 수 없어요. 줄곧 내 기억 속 중요한 자리에 계세요.

원자폭탄 피폭자 나카자와 게이지가 원폭 피해를 입은 히로시마 참상과 일본 천황의 전쟁 책임을 추궁하며 〈맨발의 겐〉이라는 만화를 그렸어요. 그걸 2002년에 내가 한국어로 번역해 출판했는데 그게 일본에서도 크게 알려졌거든요. 신문이나 라디오, 텔레비전 방송으로도 보도되어 독자들뿐 아니라 도서관에서도 많이 주문해 줬어요.

언젠가 철도 관계 노동조합이 불러 줘서 오사카 덴마바시에 있는 국철 노동회관에 가서 두 시간쯤 책 이야기를 했어요. 강연을 마치고 나서 노동조합 간부들과 저녁을 먹으면서 이야기를 더 나누었지요. 나는 여기에 모인 분들 가운데 혹시 이치카와 선생님을 아는 분이 한두 명쯤은 있지 않을까 싶어 용기를 내서 물었어요. 꼭 만나 뵙고 싶다고요. 사람들 반응에 놀라고 감동했어요. 거의 다가 이치카와 선생님을 알고 있었어요. 중학교 2학년 때 있었던 잊을 수 없는 일을 말씀드렸더니 여러 사람이 맞장구치면서 "이치카와 선생님은 바로 그런 분이시다." 하는 거예요. 이치카와 선생님을 꼭 다시 만나 뵙고 싶다고 연락처를 알려 달라고 하자, 돌

아온 답은 너무너무 안타까웠어요. 선생님께서 세상을 떠나신 지 몇 년이나 됐대요. 일이 바쁘다고, 시간에 내쫓긴다고 더 중요한 일을 뒷전으로 밀어 두고 살아온 나를 얼마나 탓했는지 몰라요. 이제 저승에 가야 만나 뵐 수 있는 존재가 됐어요.

그리고 또 재일본조선인청년동맹 언니 오빠들과 오사까조선고급학교에서 만난 리정우, 리창구 선배. 이들과 낫짱, 아니 김하강은 오사까조선고급학교에 입학한 뒤에도 실이 더더욱 굵어져 오늘까지 이어져 있어요. 특히 리정우 선배 아들은 아빠의 뜻을 이어받았나 봐요.

지금은 연락이 끊겼지만 가수가 되고 싶어 홀로 씩씩하게 도쿄로 떠난 미우라가 나더러 "낫짱은 사람 복이 있어."라고 했거든요. 미우라 말마따나 내게는 그런 복이 있는 것 같아요. 그걸 소중히 간직하렵니다.

2024년 8월

김송이

보리 청소년 15

내 이름은 낫짱, 김하강입니다

2024년 9월 1일 1판 1쇄 펴냄

글 김송이 | 그림 김두현
편집 김누리, 김성재, 이경희, 임헌
디자인 이종희
제작 심준엽
영업마케팅 김현정, 심규완, 양병희 | 영업관리 안명선
새사업부 조서연
경영지원실 노명아, 신종호, 차수민
인쇄와 제본 (주)상지사P&B

펴낸이 유문숙 | 펴낸 곳 (주)도서출판 보리
출판등록 1991년 8월 6일 제9-279호
주소 (10881) 경기도 파주시 직지길 492
전화 031-955-3535 | 전송 031-950-9501
누리집 www.boribook.com | 전자우편 bori@boribook.com

보리는 나무 한 그루를 베어 낼 가치가 있는지 생각하며 책을 만듭니다.

ISBN 979-11-6314-375-8 43810